L'avortement

Cloîtré entre les murs d'une bibliothèque (mais pas une bibliothèque comme les autres : on n'y emprunte pas de livres, chacun y apporte son propre manuscrit), l'homme qui pousse ici des mugissement de dandy s'appelle *Richard Brautigan* (« Alors les filles, ô mes bisons, vous ne sortez donc pas, ce soir ? »). Grand, les jambes légèrement arquées, le cheveu long et poil-de-carotte, des besicles de grand-père, un large chapeau de feutre et des moustaches tombantes — telle est la fameuse silhouette qu'ont croisée dans les ruelles de San Francisco les gens du cru.

Dans les mares et les rivières des Rocheuses, il a traqué la truite arc-en-ciel et en a écrit un livre, qui parle de tout sauf de la pêche mais qui a fait sa réputation mondiale : *La Pêche à la truite en Amérique*, devenu légendaire. Puis, sur les traces de Jack Kerouac et de Ken Kesey et ses Merry Pranksters, il a glissé le long de la Côte ouest jusqu'aux falaises de Big Sur, puis plus bas encore sur la carte, jusqu'à Tijuana au Mexique, pour que le splendide « bison » aux yeux calmes, la femme qui se nomme ici Vida (la Vie), aille avorter au plus fort du soleil.

Richard Brautigan est né en 1935. D'abord poète, il se fait connaître dans les années soixante par deux courts romans qui eurent un succès retentissant : Le Général sudiste de Big Sur *(1964) et surtout* La Pêche à la truite en Amérique *(1967).* L'Avortement *avait été publié aux États-Unis en 1971.*

Richard Brautigan s'est suicidé en 1984 à Bolinas, en Californie.

Du même auteur

10/18 (UGE)

Le Général sudiste de Big Sur, *1984*
Le Monstre des Hawkline, *1985*
Un privé à Babylone, *1983*
Retombées de sombrero, *1987*
Sucre de pastèque/la Pêche à la truite en Amérique, *1984*
La Vengeance de la pelouse, *1988*
Tokyo-Montana Express, *1988*
Willard et ses trophées de bowling, *1984*
Mémoires sauvés du vent, *1989*

L'INCERTAIN

Une tortue à son balcon
poèmes, 1989

Richard Brautigan

L'avortement

Une histoire romanesque en 1966

TRADUIT DE L'AMÉRICAIN
PAR GEORGES RENARD

Éditions du Seuil

TEXTE INTÉGRAL

EN COUVERTURE : Photo Albert Normandin

Titre original : *The Abortion : An Historical Romance 1966*
Editeur original : Simon & Schuster

ISBN 2-02-013242-7
(ISBN 1re publication, 2-02-001600-1)

Frank,
va-z-y, entre,
tu peux lire le roman,
il est sur la table,
près de la fenêtre,
je serai de retour
dans deux heures
environ.

Richard

La plupart des bizarreries grammaticales de ce texte se trouvent dans la version originale (N.d.T.).

PREMIER LIVRE

Alors les filles,
ô mes bisons,
vous ne sortez donc pas,
ce soir ?

La bibliothèque

C'est une belle bibliothèque, parfaite de tempo, luxuriante et américaine. A l'horloge, il est minuit et la bibliothèque, profonde, est emportée, comme un enfant qui rêve, jusque dans l'obscurité de ces pages. Bien que la bibliothèque soit « fermée », je n'ai pas besoin de rentrer chez moi parce que chez moi, c'est ici et cela depuis des années. D'ailleurs, il faut que j'y sois en permanence ; cela fait partie de mon travail. Je ne voudrais pas passer pour un petit fonctionnaire besogneux mais quand même, j'aime mieux ne pas penser à ce qui arriverait si, par hasard, quelqu'un venait et je n'étais pas là.

Cela fait des heures que je suis assis à ce bureau, le regard perdu parmi les rayons obscurs où s'alignent les livres. J'aime leur présence, le poids de leur présence, et l'honneur qu'ils font au bois des étagères.

Je sais qu'il va bientôt pleuvoir.

Toute la journée déjà, les nuages ont joué avec l'écriture bleue du ciel, emménageant leurs lourdes malles noires mais, jusqu'ici, de pluie rien n'est encore arrivé.

J'ai « fermé » la bibliothèque à neuf heures mais, si quelqu'un veut apporter un livre, il y a toujours, près de la porte, la cloche qu'on peut sonner et qui m'appelle et me fait abandonner sur-le-champ mon occupation du moment : dormir, préparer le repas, manger, ou faire l'amour avec Vida qui sera là, maintenant, d'un instant à l'autre.

Elle finit son travail à onze heures et demie.

La cloche vient de Forth Worth, dans le Texas. L'homme qui l'a apportée est aujourd'hui mort et personne n'a jamais su son nom. Il a apporté cette cloche et l'a posée sur la table. Il avait l'air tout gauche et embarrassé et il est parti, inconnu qui passait, il y a maintenant maintes années. Ce n'est pas une grosse cloche, mais elle chemine intimement le long d'un sentier argenté qui connaît la géographie de notre écoute.

Souvent, on m'apporte des livres tard le soir ou aux petites heures du matin. Il faut que je sois là pour les recevoir. C'est mon travail.

Je fais l' « ouverture » de la bibliothèque à neuf heures chaque matin et la « fermeture » à neuf heures du soir mais je suis sur place vingt-quatre heures par jour et sept jours par semaine, pour recevoir les livres.

Il était deux ou trois heures du matin lorsqu'une vieille femme, il y a deux ou trois jours, a apporté un livre. J'ai entendu la cloche tinter au fond de mon sommeil comme si l'on me versait, de très très loin, une petite autoroute au creux de l'oreille.

J'ai également réveillé Vida.

« Qu'est-ce qu'il y a ? » a-t-elle demandé.

« C'est la cloche », ai-je répondu.

« Non, c'est un livre », a-t-elle dit.

Je lui ai dit de rester au lit, de se rendormir, que j'allais m'occuper de tout. Je me suis levé et j'ai passé les habits et l'attitude qui sont de rigueur pour l'accueil d'un nouveau livre à la bibliothèque.

Mes habits ne m'ont pas coûté cher, mais ils sont amicaux et jolis. Ma présence humaine, aussi, est accueillante. Les gens se sentent plus heureux lorsqu'ils me regardent.

Vida s'était rendormie. Elle était jolie avec ses longs cheveux éparpillés comme un éventail de sombres étangs sur l'oreiller. Je n'ai pas pu m'empêcher de soulever les couvertures et de jeter un long regard sur sa silhouette endormie.

Des senteurs et arômes montaient comme un jardin dans l'air au-dessus de cette chose incroyable d'étrangeté et qui était son corps, immobile et dramatique de se trouver couché là.

Je suis sorti et j'ai allumé les lampes dans la bibliothèque. Il y avait une atmosphère assez gaie, malgré les trois heures du matin.

La vieille dame attendait derrière la lourde porte vitrée de l'entrée. La bibliothèque était très démodée et c'est pour cela, d'ailleurs, que la porte avait pour elle une affection pieuse.

La vieille dame avair l'air très émue. Elle était très vieille, disons quatre-vingts ans, et ses habits faisaient penser aux pauvres.

Mais peu importe... riches ou pauvres, le service est le même pour tout le monde et toujours égal à lui-même.

« Je viens juste de le terminer », dit-elle à travers la lourde porte vitrée que je n'avais pas encore eu le temps d'ouvrir. La voix, bien que ralentie par la vitre, éclatait de joie, d'imagination et, presque, d'une certaine jeunesse.

« Je suis content », répondis-je, toujours à travers la vitre. Je n'avais pas encore fini d'ouvrir, mais nous partagions, chacun de son côté de la porte, la même excitation.

« C'est fini, il est fini ! » dit la voix en pénétrant dans la bibliothèque accompagnée par une vieille dame de quatre-vingts ans.

« Félicitations ! dis-je. C'est si merveilleux d'écrire un livre. »

« Je suis venue tout du long à pied, dit-elle. Je suis

partie à minuit et je serais arrivée depuis longtemps si je n'étais pas si vieille. »

« Où habitez-vous ? »

« A l'hôtel Kit Carson, dit-elle. Et j'ai écrit un livre. » Elle me le tendit d'un air fier, comme si c'était la chose la plus précieuse du monde. Ce que c'était.

C'était un classeur à feuilles mobiles comme on en trouve partout en Amérique. Il n'y a pas un endroit où il n'y en ait pas.

Il y avait une grosse étiquette collée sur la couverture et, dessus, était inscrit, d'une grande écriture au crayon vert, le titre :

Madame Charles Fine Adams :
La Culture des fleurs à la lueur des bougies
dans une chambre d'hôtel

« Quel titre merveilleux, dis-je. Je ne crois pas que ce livre ait son pareil dans la bibliothèque. Ce sera une première. »

Elle avait un grand sourire sur son visage devenu vieux quarante ans plus tôt, érodé par les faux-semblants et les exils de la jeunesse.

« J'ai mis cinq ans à écrire ce livre, dit-elle. J'habite l'hôtel Kit Carson et j'y ai souvent cultivé des fleurs. Ma chambre n'a pas de fenêtres, alors il faut que j'allume des bougies. Les bougies, c'est ce qui donne les meilleurs résultats.

J'ai également cultivé des fleurs à la lanterne, au moyen d'une loupe, mais cela marche moins bien. Surtout pour les tulipes et les lys-de-la-vallée.

J'ai même essayé de cultiver des fleurs à la torche électrique, mais ce fut une expérience très décevante. J'ai eu des soucis, autrefois, et il a bien dû y passer trois ou quatre piles électriques, mais cela n'a pas donné grand-chose.

Rien ne vaut les bougies. On dirait que les fleurs aiment l'odeur de la cire qui brûle, si vous voyez ce que je veux dire. Il suffit de montrer une bougie à une fleur et la voilà qui se met à pousser. »

J'ai parcouru le livre. C'est une des choses que mon travail ici me donne l'occasion de faire. Il n'y a que moi, d'ailleurs, qui le fasse. Le livre était écrit à la main, d'une écriture appliquée, au crayon rouge, vert et bleu. Il y avait des dessins de la chambre d'hôtel, avec des fleurs en train de pousser dedans.

C'était une toute petite chambre et il y avait beaucoup de fleurs. Les fleurs étaient plantées dans des boîtes de conserve, des bouteilles et des bocaux au milieu d'un cercle de bougies allumées.

On aurait dit une cathédrale.

Il y avait également un portrait de l'ancien gérant de l'hôtel et un dessin de l'ascenseur. L'ascenseur avait l'air d'un endroit très déprimant.

Le gérant, sur son portrait, avait l'air très malheureux et fatigué, comme s'il avait besoin de vacances. On aurait dit, également, qu'il regardait toujours, d'un air traqué, par-dessus son épaule, comme si quelque chose allait brusquement surgir dans son champ visuel. C'était quelque chose qu'il ne voulait pas voir et qui rôdait dans les parages. Sous le portrait, il y avait cette légende :

LE GÉRANT DE L'HÔTEL KIT CARSON
AVANT QU'IL SE FASSE METTRE À LA PORTE
PARCE QU'IL BUVAIT DANS L'ASCENSEUR
ET VOLAIT LES DRAPS DE LIT

Ce livre avait environ quarante pages. Cela avait l'air très intéressant. Une bonne acquisition pour notre collection.

« Vous devez être très fatiguée, ai-je dit. Vous ne voulez pas venir vous asseoir un peu pendant que je vous prépare une tasse de café ? »

« Ce serait merveilleux, a-t-elle dit. Il m'a fallu cinq ans pour écrire ce livre sur les fleurs. J'y ai travaillé très dur. J'adore les fleurs. C'est dommage que ma chambre n'ait pas de fenêtres, mais enfin, je me suis débrouillée comme j'ai pu avec les bougies. Les tulipes ne s'en sortent pas mal. »

Vida dormait à poings fermés quand je suis retourné dans la chambre. J'ai tourné la lumière vers elle et je l'ai réveillée. Elle clignait des yeux et elle avait sur le visage cet air doux qu'ont les jolies femmes qu'on a éveillées au dépourvu.

« Qu'est-ce qui se passe ? demanda-t-elle. Et, répondant elle-même à sa propre question : C'est encore un livre. »

« Oui. »

« Qui parle de quoi ? » a-t-elle alors demandé, automatiquement, comme un tendre phonographe humain.

« Qui parle de la culture des fleurs dans une chambre d'hôtel. » J'ai mis l'eau à chauffer pour le café et me suis assis au bord du lit, près de Vida recroquevillée. J'ai posé sa tête sur mes genoux et mes genoux disparaissaient sous la chevelure noire aquatique.

Je voyais l'un de ses seins. Fantastique.

« Comment ? Des fleurs dans une chambre d'hôtel ? Ça n'a pas dû être facile ! Quel secret se niche au fond de cette histoire ? »

« La lueur des bougies », dis-je.

« Ah, ah », dit Vida. Je ne voyais pas son visage, mais je savais qu'elle souriait. Elle avait de drôles d'idées sur la bibliothèque.

« L'auteur est une vieille dame, ai-je dit alors. Elle aime les fleurs, mais elle habite une chambre sans fenêtres dans un hôtel, alors elle les fait pousser à la lueur des bougies. »

« Oh ! la la ! » a dit Vida du ton qu'elle emploie toujours lorsqu'elle parle de la bibliothèque. Elle trouve l'endroit lugubre et ne l'aime pas outre-mesure. Je ne lui ai pas répondu. L'eau bouillait pour le café. J'ai pris une cuillerée de café soluble et l'ai versée dans la tasse.

« Du café lyophilisé ? » a dit Vida.

« Oui, ai-je dit. C'est pour la dame qui vient d'apporter le livre. Elle est très vieille et elle a beaucoup marché pour venir jusqu'ici. A mon avis, il lui faut une tasse de café " lyophilisé ". »

« Et comment ! Et comme pousse-café ? Que dirais-tu d'un peu d'acétate d'amyl ? Pardonne-moi, je disais cela pour rire. Si tu veux, je t'aide. »

« Non, jolie. Je m'en occupe. Les biscuits que tu as apportés tout à l'heure, on les a finis ? »

« Non, dit-elle. Ils sont là, dans le sac. Elle montrait du doigt un pochon de papier posé sur la table. Je crois qu'il en reste encore deux ou trois. »

« Pourquoi les as-tu mis dans un sac ? » dis-je.

« Comme si je savais ! dit-elle. Je ne sais pas, moi. Je les ai mis dans le sac, c'est tout. Pourquoi est-ce qu'on met des trucs dans des sacs ? »

Vida appuyait sa tête sur mon coude et elle me dévisageait. On la voyait et on n'y croyait quand même pas : son visage, ses yeux, son...

« Grave question », dis-je.

« J'ai raison, non ? » dit-elle d'une voix ensommeillée.

« Ouais, absolument », dis-je.

J'ai pris la tasse de café et je l'ai posée sur un petit plateau en bois, à côté de la boîte de lait concentré et de la soucoupe, pour les biscuits.

Le plateau, c'est un cadeau de Vida. Elle l'a acheté à Cost Plus [1] et un beau jour elle m'en a fait la surprise. J'aime bien les surprises.

1. *Cost Plus,* à San Francisco, est une sorte d'emporium où l'on peut acheter, au débarquement presque du bateau, toute une gamme d'objets et d'ustensiles exotiques en provenance des divers pays de l'Ouest : les Indes, le Japon, l'Indonésie, la Chine.

« A tout à l'heure, dis-je. Rendors-toi. »

« D'accord », dit-elle, et elle tira les couvertures par-dessus sa tête. Adieu, adieu ma belle...

J'ai porté le café et les biscuits à la vieille dame. Elle était assise à la table, la tête au creux du coude, à demi endormie. L'ombre d'un rêve lui passait sur la face. Cela me faisait mal au cœur de l'interrompre. Je sais d'expérience toute la valeur, parfois, d'un rêve, mais hélas...

« Hello », ai-je dit.

« Oh, c'est vous », a-t-elle dit, brisant là, sans effilochure aucune, son rêve.

« C'est l'heure d'un petit café », ai-je dit.

« Oh, comme c'est gentil ! a-t-elle dit. Juste ce qu'il me fallait pour me réveiller. Je suis fatiguée ; j'ai tant marché. J'aurais peut-être pu attendre demain, et venir en bus, mais je voulais apporter le livre aussitôt fini et je l'ai terminé à minuit et ça fait cinq ans que j'y travaille. »

« Cinq Ans », répétait-elle, comme s'il s'agissait du nom d'un pays dont elle serait le président et les fleurs poussant à la lueur des bougies auraient été son Cabinet et moi le ministre des Bibliothèques.

« Je crois, ai-je dit alors, que je vais enregistrer tout de suite cet ouvrage. »

« Merveilleux, a-t-elle dit. Ces biscuits sont délicieux. Vous les faites vous-même ? »

J'ai trouvé que c'était, de sa part, une étrange question à me poser. Jamais encore on ne m'avait posé cette question. je n'étais pas sur mes gardes. C'est drôle comme les gens peuvent vous surprendre rien qu'avec une question, à propos de biscuits.

« Non, ai-je dit. Ce n'est pas moi, c'est une amie. »

« Une chose est sûre, c'est quelqu'un qui s'y entend en matière de biscuits. Le chocolat a un goût délicieux. C'est si chocolatesque sur la langue... »

« Tant mieux », ai-je dit.

Le moment était venu d'enregistrer le livre. Tous les ouvrages que nous recevons, nous les inscrivons sur le Grand registre des auteurs & matières de la bibliothèque. Nous tenons ainsi les archives de tous les livres que nous recevons, jour après jour, semaine après semaine, mois après mois. Tous sans exception, tous vont dans le grand registre.

Nous n'utilisons, pour classer nos livres, ni la classification décimale de Dewey ni aucun système particulier d'indexation. Nous inscrivons simplement, au fur et à mesure de leur entrée, les ouvrages dans le Grand registre des auteurs & matières de la bibliothèque, après quoi nous rendons le livre à son auteur qui est alors libre de le placer où il veut dans la bibliothèque, sur l'étagère où le cœur lui en dit.

L'emplacement des livres est sans importance aucune, car personne n'emprunte jamais de livres et personne ne vient jamais en lire sur place. Ce n'est pas ce genre de bibliothèque-là. C'est un autre genre de bibliothèque.

« Vous savez, j'adore ces biscuits, dit la vieille dame en avalant le dernier. Le goût de chocolat est si bon. On n'en trouve pas de pareils dans les magasins. C'est quelqu'un de votre connaissance qui les a faits ? »

« Oui, quelqu'un de ma connaissance. »

« Eh bien ils ont bien de la chance. Il n'y a pas assez de tout cela dans le monde, si vous voyez ce que je veux dire. »

« C'est vrai, ai-je dit. Les biscuits au chocolat, c'est bon. » C'était Vida qui les avait faits.

La vieille dame avait fini les dernières gouttes de café qui restaient encore dans le fond de sa tasse. Toutefois, elle but encore une fois les gouttes qui n'étaient déjà plus là. Elle voulait être sûre de ne pas laisser une seule goutte et c'est pourquoi elle avait bu la dernière goutte deux fois.

Je devinais qu'elle se préparait à prendre congé, car elle essayait de se lever de sa chaise. Je savais qu'elle ne reviendrait plus. Cette visite aurait été sa première et sa dernière à la bibliothèque.

« Écrire ce livre a été une si merveilleuse expérience, dit-elle. Maintenant, c'est fait et je peux m'en retourner dans ma chambre d'hôtel et retrouver mes fleurs. Je suis très fatiguée. »

« Tenez, votre livre, dis-je alors, en le lui tendant. Vous avez le droit de le mettre n'importe où sur les rayons. Là où le cœur vous en chante. »

« Comme c'est émouvant », dit-elle.

Elle a pris son livre et, à petits pas, elle est allée jusqu'à une étagère où les enfants, souvent, comme s'ils suivaient une piste subconsciente, viennent placer leur livre.

Je n'ai pas souvenir d'avoir jamais vu quelqu'un de plus de cinquante ans mettre son livre dans ce coin-là, mais elle, pourtant, y alla tout droit, guidée, on aurait dit, par des mains d'enfants et elle glissa son livre, qui traitait de la culture des fleurs à la lueur des bougies dans une chambre d'hôtel, entre un livre sur (c'est-à-dire farouchement pour) les Indiens et un tract illustré chantant les louanges de la confiture de fraises.

Elle était très heureuse en quittant la bibliothèque et en reprenant lentement le chemin de sa chambre à l'hôtel Kit Carson où ses fleurs l'attendaient.

J'ai éteint les lumières dans la bibliothèque et j'ai rapporté le plateau dans ma chambre. Je connaissais si bien la bibliothèque que j'ai pu trouver mon chemin par cœur dans l'obscurité. Le sentier du retour fut rendu très doux par la pensée des fleurs, de l'Amérique et de Vida endormie, comme une photographie, ici, dans la bibliothèque.

L'accident d'automobile

Cette bibliothèque est née du poignant désir qu'il existât un tel établissement. Une bibliothèque comme celle-ci, pas de problème, ça s'imposait. Ce poignant désir a mis au monde ce bâtiment, qui n'est pas très vaste, et son personnel permanent, qui se compose actuellement de moi-même.

C'est une bibliothèque ancienne, dans le style brique rouge post-sismique de San Francisco, et elle est située au n° 3150 de Sacramento Street, San Francisco, California, code postal 94115 — bien qu'on n'accepte aucun ouvrage par la poste. Il faut les apporter en personne. Cela fait partie des fondations de la bibliothèque.

Beaucoup de gens, avant moi, ont travaillé ici. L'endroit a une rotation assez rapide. Je crois que je dois être le 35e ou le 36e bibliothécaire en titre. J'ai obtenu ce poste parce que j'étais le seul à remplir les conditions requises et que j'étais disponible.

J'ai trente et un ans et je n'ai jamais eu de formation de bibliothécaire. J'ai eu une formation différente, mais tout à fait compatible avec la gestion de cette bibliothèque. Je comprends les gens et j'aime ce que je fais.

Je crois bien être actuellement la seule personne en Amérique susceptible d'occuper ce poste et c'est ce que je fais. Quand le travail ici sera terminé, je trouverai autre chose. A mon avis, l'avenir me réserve pas mal de grandes choses.

Le bibliothécaire qui m'a précédé a passé trois ans ici et finalement il a fallu qu'il parte parce qu'il avait peur des enfants. Il se demandait toujours ce qu'ils pouvaient bien manigancer. Il habite maintenant dans un foyer de vieillards. J'ai reçu une carte postale de lui, le mois dernier. Elle était incompréhensible.

Auparavant, il y avait un jeune homme qui, pour

occuper ce poste, avait quitté six mois, avec un congé sans solde, le gang de motards auquel il appartenait. Ensuite, il est retourné dans son gang et n'a jamais dit où il était allé.

« Où est-ce que tu étais, depuis six mois ? » lui ont-ils demandé.

« Je m'occupais de ma vieille maman, a-t-il dit. Elle était malade et il lui fallait tout le temps du bouillon de volaille, très chaud. Quelqu'un d'autre a une question à me poser ? » Personne n'avait plus de question.

Avant lui, il y avait un bibliothécaire qui a passé deux ans ici, puis qui, brusquement, est parti au fin fond de la brousse australienne. Depuis, on n'en a jamais entendu parler. Selon certaines rumeurs qui me sont parvenues, il serait vivant. Selon d'autres rumeurs, il serait mort. Mais quoi qu'il fabrique ces temps-ci, mort ou vif, il est encore, j'en suis certain, dans la brousse australienne, parce qu'il a dit adieu et qu'il ne reviendrait plus et que, s'il rencontrait jamais un livre sur son chemin, il lui fendrait la gorge d'une oreille à l'autre.

Encore avant, il y avait une jeune femme qui est partie parce qu'elle était enceinte. Un beau jour, elle a attrapé l'éclair qui fulgurait dans l'œil d'un jeune poète. Aujourd'hui, ils vivent ensemble dans le quartier des Missions et ils ne sont plus jeunes. Elle a une petite fille, très jolie, et lui est inscrit au chômage. Ils veulent partir au Mexique.

Je crois que ce serait une erreur, de leur part. Des couples, j'en ai tant vu qui s'en allaient au Mexique, puis qui, à peine revenus en Amérique, se séparaient. Je crois que si l'on veut rester ensemble, il vaut mieux ne pas aller au Mexique.

Le bibliothécaire avant elle a passé un an ici. Il a été tué dans un accident d'automobile. Un automobiliste a perdu le contrôle de son véhicule et a percuté le mur de la bibliothèque. Pour une raison inconnue, le bibliothécaire a été tué. Je n'ai jamais bien compris comment les choses s'étaient passées, parce que le mur de la bibliothèque est en brique.

Les 23

Ah c'est si bon d'être assis, ici, dans l'obscurité de ces livres. Je ne suis pas fatigué. Par le nombre des livres entrés, la soirée a été moyenne : 23 se sont retrouvés bienvenus sur le chemin de nos rayons.

Pour chacun, j'ai inscrit le titre, l'auteur et quelques commentaires descriptifs dans le Grand registre des auteurs & matières de la bibliothèque. Le premier a dû venir aux environs de 6 heures et demie.

Mon vélo, de Jeannot. L'auteur avait cinq ans et on aurait dit que son visage avait été dévasté par une tornade de taches de rousseur. Il n'y avait ni titre sur la couverture du livre ni mots à l'intérieur ; seulement des images.

« Comment s'appelle ton livre ? » ai-je demandé.

Le petit garçon a ouvert le livre et m'a montré un dessin représentant un tricycle. On aurait plutôt dit une girafe faisant les pieds au mur dans un ascenseur.

« C'est mon vélo », a-t-il.

« C'est très joli, ai-je dit. Et comment t'appelles-tu ? »

« C'est mon vélo », a-t-il dit.

« Oui, ai-je dit. C'est vraiment très joli. Mais toi, comment tu t'appelles ? »

« Jeannot. »

Il s'est hissé sur la pointe des pieds pour poser le livre sur le bureau, puis il s'est dirigé vers la porte en disant : « Faut que je parte, parce que ma maman, elle est dehors avec ma sœur. »

J'allais lui dire qu'il pouvait placer le livre là où il voulait, mais il était déjà parti, de sa petite démarche.

Les Vêtements de cuir et l'Histoire de l'humanité, de S. M. Justice. L'auteur était assez motocyclard et il portait tout un tas de vêtements de cuir. Le livre lui-même était entièrement fait de cuir. Imprimé, pourtant. C'était la première fois que je voyais 290 pages imprimées sur cuir.

En déposant son livre à la bibliothèque, l'auteur a déclaré : « Un homme qui aime le cuir, j'aime ça. »

Bel Amour toujours, de Charles Green. L'auteur avait la cinquantaine et il m'a dit qu'il était à la recherche d'un éditeur depuis le jour où il avait écrit ce livre. Il avait, à l'époque, dix-sept ans.

« Ce livre détient le record du monde des refus, a-t-il dit. Il a été refusé 459 fois et maintenant, je suis un vieil homme. »

Dieu et la Stéréo, du révérend père Lincoln Lincoln. L'auteur a dit que Dieu tenait à l'œil nos chaînes stéréo. Je ne sais pas ce qu'il voulait dire par là, mais il a donné un grand coup sur le bureau avec son livre.

Coquelicot joli, de Barbara Jones. L'auteur avait sept ans et portait une jolie robe blanche.

« C'est un livre sur les coquelicots », a-t-elle dit.

Sam, Sam, Sam, de Patricia Evens Summers. « C'est un livre d'essais critiques, a-t-elle dit. J'ai toujours eu une grande admiration pour Alfred Kazin et pour Edmund Wilson. Et en particulier pour ce qu'Edmund Wilson a écrit sur *Le Tour d'écrou* d'Henry James. » C'était une dame d'une cinquantaine d'années qui ressemblait beaucoup à Edmund Wilson.

Histoire du Nebraska, de Clinton York. L'auteur était un monsieur de quarante-sept ans. D'après ce qu'il a dit, il n'était jamais allé dans le Nebraska mais il avait toujours été passionné par cet État.

« C'est depuis que je suis tout petit. Le Nebraska, ça a toujours été ma marotte. Les autres gosses écoutaient la radio ou discutaient de leur vélo. Moi, je lisais tout ce qui me tombait sous la main, pourvu que ça parle du Nebraska. Je ne sais pas comment ça m'est venu, mais enfin, voici le résultat. L'histoire la plus complète qu'on ait jamais écrite du Nebraska. »

L'ouvrage se composait de sept volumes qu'il avait apportés dans un grand sac à provisions.

Jusqu'au petit jour, ses baisers, de Susan Margaret. L'auteur était une femme entre deux âges, abominablement laide et avec l'air de n'avoir jamais été embrassée de sa vie. Il fallait y regarder à deux fois pour s'apercevoir qu'il y avait des lèvres dans son visage. C'était une grande surprise de découvrir finalement sa bouche, entièrement masquée par son nez.

« C'est un livre sur les baisers », a-t-elle dit.

Elle devait, j'imagine, avoir passé l'âge des subterfuges.

Dans ma maison un grand cerf, de Richard Brautigan. L'auteur était grand et blond, avec une longue moustache jaune qui lui donnait l'air anachronique. On aurait dit quelqu'un qui se serait trouvé plus à son aise dans une autre époque.

C'était la troisième ou la quatrième fois qu'il apportait un ouvrage à la bibliothèque. A chaque nouveau livre, il avait l'air un peu plus vieux, un peu plus fatigué que la fois précédente. Il avait encore l'air jeune, du temps où il avait apporté son premier livre. Je ne me souviens plus du titre, mais cela parlait, je crois, de quelque chose, en Amérique.

« Et celui-ci, de quoi parle-t-il ? » lui ai-je demandé, parce qu'il avait l'air de quelqu'un qui attend qu'on lui pose une question.

« Bof, c'est un livre. Sans plus », a-t-il répondu.

J'avais dû mal interpréter son air d'attendre.

Mon pote, la grande reine de la nuit, de Rod Keen. L'auteur portait une salopette et une paire de bottes en caoutchouc. « Je travaille dans les égouts de la ville, m'a-t-il dit en me tendant son livre. C'est de la science-fiction. »

Vos frusques sont mortes, de Les Steinman. L'auteur avait l'air d'un antique tailleur juif. Il était très vieux et on aurait dit qu'il avait taillé les chemises de Don Quichotte.

« C'est la triste vérité, vous savez. Elles sont mortes », m'a-t-il dit en me montrant le livre comme si c'était un coupon de tissu ou une pièce d'étoffe ou une jambe de pantalon.

Jeanjean, histoire d'un chat, de Hilda Simpson. L'auteur était une petite fille de douze ans environ, à l'orée de la puberté. Sous son pull vert, ses petits seins étaient comme des citrons. Elle s'éveillait merveilleusement à l'adolescence.

« Alors, qu'apportes-tu ce soir ? » ai-je demandé. Hilda avait déjà apporté cinq ou six livres.

« C'est un livre qui parle de mon chat Jeanjean. C'est un animal d'une grande noblesse. Je me suis dit que j'allais le mettre dans un livre, que je l'apporterais ici et, après, il serait très célèbre. »

Le Livre de cuisine de Dostoïevski, de James Falcon. L'auteur a dit que son livre était un recueil des recettes de cuisine qu'il a trouvées en lisant les œuvres complètes de Dostoïevski. « J'ai goûté à tous les plats dont le grand romancier russe nous donne la recette au fil de son œuvre. Et il faut bien reconnaître que certains sont excellents. »

Mon chien, de Bill Lewis. L'auteur avait sept ans et en mettant son livre sur le rayon, il a dit merci.

Hombre, de Canton Lee. L'auteur était un monsieur chinois d'environ soixante-dix ans. « C'est un western, a-t-il dit. C'est l'histoire d'un voleur de chevaux. Lire des westerns, c'est ma passion, alors, j'ai fini par en écrire un moi-même. Après tout, pourquoi pas ? J'ai passé trente ans comme cuisinier dans un restaurant de Phœnix, dans l'Arizona. »

Victoire au Vietnam, d'Edward Alexander. L'auteur était un jeune homme très sérieux. Il a dit qu'il n'y avait qu'un seul moyen d'obtenir la victoire au Vietnam : tuer tout le monde. D'après son projet, après avoir tué tout le monde, il faudrait offrir le pays à Chang Kaï-chek pour qu'il puisse attaquer la Chine rouge.

« Tout cela n'est qu'une question de temps », a-t-il dit.

Encre d'imprimerie, de Fred Sinkus. L'auteur était un ancien journaliste, et son livre était quasiment illisible. C'était écrit à la main, les phrases contournant les taches de whisky.

« Et voilà, a-t-il dit en me tendant le livre. Vingt ans de ma vie », et il a quitté la bibliothèque d'un pas chancelant.

Et moi, je restais là à regarder vingt ans d'une vie entre mes mains.

La mort en cette porcherie, de Marsha Paterson. L'auteur était une jeune femme sans aucun signe particulier, à part l'expression angoissée de son visage. Elle m'a tendu ce livre fantastiquement graisseux et s'est enfuie, terrifiée, de la bibliothèque. Et effectivement, le livre, on aurait dit une livre de jambon fumé. J'allais l'ouvrir pour voir de quoi il parlait quand je me suis ravisé. Finalement, je ne savais pas s'il fallait le faire frire ou le mettre sur l'étagère. Être bibliothécaire ici n'est pas toujours un métier de tout repos.

Alerte sur les ondes, de Susan de Witt. L'auteur était une vieille femme. Son livre, qui avait été écrit, m'a-t-elle dit, à Santa Barbara, chez sa sœur, parlait d'une conspiration des Martiens visant à s'emparer du contrôle de la Maison de la radio.

« Tout cela se trouve dans mon livre, a-t-elle dit. Vous vous souvenez de toutes ces soucoupes volantes, l'autre été ? »

« Oui, je crois, plus ou moins. »

« Eh bien, elles y sont toutes, là-dedans », a-t-elle dit. Le livre avait belle prestance et je suis prêt à croire qu'effectivement, elles y sont toutes.

L'Œuf pondu deux fois, de Béatrice Quinn Porter. Selon la déclaration de l'auteur, ce recueil de poésies était la quintessence de toute la sagesse et la philosophie qu'elle avait acquises en vingt-six ans passés à s'occuper d'un élevage de poules, à San José.

« C'est p'têt pas de la poésie, m'a-t-elle dit, parce que moi, des études, j'en ai pas fait. Mais alors, question poules, faites-moi confiance, je m'y connais. »

D'abord, le petit déjeuner, de Samuel Humber. L'auteur a dit que, lorsqu'on voyage, il est absolument essentiel de prendre le petit déjeuner, et que c'est une chose que trop de guides touristiques oublient de signaler, de sorte qu'il avait eu l'idée d'écrire un livre pour dire à quel point le petit déjeuner est essentiel, lorsqu'on voyage.

La Forêt rapide, de Thomas Funnel. L'auteur avait la trentaine, l'air de quelqu'un qui travaille pour la recherche scientifique. Il commençait à se déplumer un peu sur le front et il avait l'air d'avoir envie de parler de son livre.

« Il s'agit d'une forêt plus rapide que les forêts ordinaires », a-t-il dit.

« Et combien de temps vous a-t-il fallu pour l'écrire ? » ai-je dit, car je sais que c'est une question que les auteurs aiment qu'on leur pose.

« Ce n'est pas moi qui l'ai écrit, a-t-il dit. Je l'ai fauché à ma mère. C'est bien fait pour sa gueule, cette vieille peau ! »

La légalisation de l'avortement, du docteur O. L'auteur, qui avait dans les trente ans, avait l'air très doctoral et très nerveux. Le livre ne portait aucun titre sur la couverture.

Dedans il y avait 300 pages environ, dactylographiées.

« Désolé, a-t-il dit, mais je ne peux rien faire de plus. »

« Vous ne voulez pas le mettre vous-même sur les rayons ? »

« Non, non, a-t-il dit. Allez-y, occupez-vous-en. Moi, c'est vraiment tout ce que je peux faire. Tout ça, c'est un scandale. »

Dehors, il venait de se mettre à pleuvoir. J'entendais la pluie éclabousser les vitres de la bibliothèque et, parmi les livres, son écho. Les livres, ils savent, on dirait, qu'il pleut ici dans l'obscurité des vies, tandis que j'attends la venue de Vida.

Alors les filles, ô mes bisons, vous ne sortez donc pas, ce soir ?

Autant vous avouer tout de suite que la majeure partie de la bibliothèque ne se trouve pas ici. Le bâtiment n'est pas assez vaste et jamais, au grand jamais, il ne pourrait contenir tous les livres qui, au fil des ans, y ont été apportés.

La bibliothèque existait déjà avant d'être transplantée à San Francisco vers la fin des années 1870 et la bibliothèque n'a pas égaré un seul ouvrage dans le tremblement de terre ni dans l'incendie de 1906. Pendant que tout le monde détalait dans tous les sens, comme une bande de poules décapitées, nous avons, pour notre part, fait très attention : pas de panique.

La bibliothèque dont je vous parle est construite sur un terrain pentu qui descend de Clay Street à Sacramento Street. Nous n'occupons qu'une petite partie du terrain et le reste est en friche : il y pousse de hautes herbes et des buissons et des fleurs et des bouteilles de rouge et des rendez-vous d'amoureux.

De vieux escaliers en ciment dévalent parmi l'activité verte des établissements, du côté de Clay Street. Il y a d'anciens lampadaires électriques, des amis de Thomas Edison, montés sur de grandes tiges d'asperges en métal.

Ils se trouvent sur ce qui était, autrefois, le second palier des escaliers. Les lumières ne marchent plus et les mauvaises herbes ont tout envahi, à tel point qu'on a du mal à comprendre pourquoi d'abord tout cela a, un jour, existé.

L'arrière de la bibliothèque se perd presque dans la verdure au bas des escaliers.

La pelouse, toutefois, est bien entretenue. On ne voudrait quand même pas que l'endroit ait trop l'air d'une jungle. Cela pourrait effrayer les gens.

Tous les mois, environ, un petit garçon noir vient tondre la pelouse. Je n'ai pas d'argent pour le payer, mais cela lui est égal. Il le fait parce qu'il m'aime bien et qu'il sait que je suis obligé de rester à l'intérieur de la bibliothèque et que je ne peux pas tondre la pelouse moi-même. Il faut que je sois là en permanence, prêt à souhaiter la bienvenue à tout livre nouveau.

Actuellement, la pelouse est pleine de pissenlits et de dents-de-lion, et de pâquerettes aussi se déployant par milliers en motifs Rorschach sur un tissu imprimé dessiné par Rudi Gernreich.

Les dents-de-lion sont d'humeur plutôt solitaire et elles restent sur leur quant-à-soi, mais les pâquerettes, en revanche ! Je sais tout cela parce que je regarde dehors, par la lourde porte vitrée.

L'endroit est constamment inondé par l'aboiement interludique des chiens depuis l'aube, lorsque les chiens s'éveillent, jusque tard dans la nuit, lorsque les chiens s'endorment. Et encore, parfois, ils aboient également entre-temps.

Nous ne sommes qu'à deux trois portes de l'hôpital pour chiens, chats et animaux domestiques et, bien que je n'aie encore jamais vu cet hôpital, il est rare que je n'entende pas les aboiements. A force, j'ai fini par m'habituer.

Au début, leurs foutus aboiements, je haïssais ça ! C'est une chose que j'ai toujours eue chevillée au corps, la haine des chiens. Mais maintenant, c'est ma troisième année ici et j'ai fini par m'accoutumer à leurs aboiements. Cela ne m'énerve plus. Je dirais même plus, parfois j'aime.

Ici, dans la bibliothèque, il y a de hautes fenêtres en arc brisé au-dessus des rayons et il y a deux arbres verts qui surplomblent les fenêtres et étalent leurs branches comme du dentifrice contre les vitres.

Ce que j'aime ces arbres !

A travers la porte vitrée, de l'autre côté de la rue, il y a un vaste garage, tout blanc avec des voitures qui ne cessent d'entrer et de sortir à toute heure de maladie et d'urgence. Il y a un mot immense écrit en bleu sur le garage : GULF.

Avant que la bibliothèque ne vienne à San Francisco, elle a été un moment à Saint Louis puis, pendant longtemps, à New York. En fouillant un peu, on trouverait plein de livres hollandais.

Le bâtiment étant si petit, il a fallu entreposer des milliers de livres ailleurs. Nous avons emménagé dans cette petite maison en brique après l'histoire de 1906, pour des raisons de sécurité et vraiment, ce n'est pas assez grand.

Tant de livres sont écrits pour finir, à dessein ou par fatalité, ici. Nous avons accepté 114 livres sur la Ford Model T, cinquante-huit sur l'histoire du banjo et dix-neuf sur le dépiautage du bison, depuis les débuts de la bibliothèque.

Nous ne gardons ici que les registres qui nous servent pour inscrire l'arrivée de chaque livre. Les ouvrages eux-mêmes se trouvent dans une caverne hermétiquement scellée située dans le Nord de la Californie.

L'entreposage des livres, ce n'est pas mon affaire. C'est le travail de Foster. Par ailleurs, il s'occupe aussi de m'apporter à manger parce que je ne peux pas quitter la bibliothèque. Cela fait plusieurs mois que Foster n'est pas passé, ce qui me fait penser qu'une fois de plus, il est parti se soûler la gueule.

Il faut dire que Foster aime bien boire de temps en temps et il n'est jamais en peine pour trouver avec qui trinquer. Foster a une quarantaine d'années et porte toujours un T-shirt. Qu'il fasse beau, qu'il fasse laid, qu'il pleuve ou qu'il neige, c'est pareil pour le T-shirt de Foster, car son T-shirt est une défroque éternelle dont seule la mort, un jour, le dépouillera peut-être.

Foster a de longs cheveux blonds comme une crinière de bison et je ne l'ai jamais vu ne pas transpirer. Il est assez sympathique, dans le genre obèse et truculent, et il a une manière à lui de charmer les gens, les inconnus qu'il rencontre, pour se faire payer à boire. Il part pour de longues ivrogneries dans les camps de bûcherons et les scieries du coin et il fait la fête avec les scieurs de long et chasse les filles indiennes à travers les grands bois.

J'imagine qu'il va débarquer ici, un de ces jours, avec sa gueule de bois cramoisie, des excuses plein la bouche, au volant de son fourgon vert, prêt à emporter un nouveau chargement de livres à destination des cavernes.

SECOND LIVRE

Vida

Vida

Au début, quand j'ai connu Vida, elle s'était, en naissant, trompée de corps et elle osait à peine regarder les gens. Elle aurait voulu ramper sous terre et se cacher très loin de cette chose où elle était enfermée.

C'était vers la fin de l'année dernière, à San Francisco. Elle est venue à la bibliothèque un soir, après son travail. La bibliothèque était « fermée » et j'étais dans ma chambre en train de me faire du café, tout en pensant aux livres arrivés à la bibliothèque ce jour-là.

Il y avait un livre où l'on parlait d'une pieuvre géante, avec des ailes en caoutchouc, qui survolait la nuit les cours et les préaux déserts et exigeait qu'on la laissât entrer dans les classes.

Je mettais du sucre dans mon café lorsque j'ai entendu tinter la cloche. Un tintement à peine perceptible, mais il suffit toujours à m'alerter et à me convoquer sur les lieux.

Je suis sorti. J'ai allumé les lumières dans la bibliothèque et il y avait une fille qui attendait derrière la lourde vitre ecclésiastique de la porte.

Je sursautai de la voir.

Elle avait un visage d'une incroyable délicatesse et d'une grande beauté, avec de longs cheveux noirs qui lui tombaient sur les épaules comme des éclats de chauve-souris, mais il y avait aussi quelque chose d'étrange dans son aspect, quelque chose que je ne savais pas trop comment exprimer parce que son visage était comme un labyrinthe parfait qui, pour l'instant, me détournait d'un très inquiétant quelque chose.

Elle ne me regardait pas en face en attendant que j'ouvre la porte fermée à clef et que je la laisse entrer. Elle tenait un paquet sous le bras. C'était enveloppé dans un sac de papier brun et on aurait dit un livre.

Allez, encore un livre pour les cavernes.

« Salut, a-t-elle dit. Je peux entrer ? »

« Salut, ai-je dit. Je vous en prie, entrez. »

« Merci », a-t-elle dit en entrant d'une démarche gauche, très gauche, dans la bibliothèque. J'ai été surpris de sa gaucherie. Elle ne me regardait pas en face. Elle ne regardait pas non plus la bibliothèque. On aurait dit qu'elle regardait autre chose. La chose qu'elle regardait n'était ni en face de moi ni derrière moi ni à côté de moi.

« Alors, que m'apportez-vous de beau ? Un livre ? » ai-je dit en m'efforçant de prendre le ton du bibliothécaire aimable et de la mettre à son aise.

Son visage était si délicat. La bouche, les yeux, le nez, le menton, la courbe de ses joues — tout cela était beau. Cela faisait presque mal de la regarder.

« Oui, a-t-elle dit. J'espère que je ne vous ai pas dérangé. Il est tard. »

« Non, non, ai-je dit. Pas du tout. Si vous voulez bien venir jusqu'au bureau, nous allons inscrire votre livre dans le Grand registre des auteurs & matières de la bibliothèque. C'est comme cela qu'on fait les choses, ici. »

« Ah ! Justement, je me demandais comment vous alliez faire », a-t-elle dit.

« Vous venez de loin ? » ai-je dit.

« Non. Je viens de finir mon travail. »

Ce n'était pas non plus elle-même qu'elle regardait. Je ne sais pas ce qu'elle regardait, mais elle regardait avec beaucoup d'intensité. Je crois que ce qu'elle regardait se trouvait à l'intérieur d'elle-même et c'était une chose dont elle seule distinguait le contour.

Elle a marché très gauchement jusqu'au bureau. Elle était époustouflante de gaucherie, mais elle avait aussi la délicatesse des reflets de l'eau dans une piscine et, à nouveau, la délicatesse de son visage m'a détourné de la source de sa gaucherie.

« J'espère que je ne vous dérange pas. Je sais qu'il est très tard. » Elle disait cela d'un air presque désespéré et, brusquement, elle a cessé de regarder la chose qu'elle regardait pour jeter vers moi un regard qui a voyagé à la vitesse de la lumière.

Elle me troublait, c'est certain, mais pas comme elle croyait. Il y avait en elle quelque chose de dynamiquement incongru et je ne trouvais toujours pas quoi. Son visage, comme un cercle de miroirs, m'en détournait.

« Mais pas du tout, ai-je dit. C'est mon travail et j'aime bien le faire. Si j'avais le choix, c'est ici que je voudrais être. »

« Comment ? » a-t-elle dit.

« J'aime mon travail », ai-je dit.

« C'est bien d'être heureux », a-t-elle dit. Elle prononçait le mot heureux commme si elle l'examinait de très loin, à travers un télescope. Le mot était céleste sur ses lèvres, dépouillé de tout, galiléen.

Alors, j'ai remarqué ce qu'il y avait de si étrange chez elle. Son visage était parfait de délicatesse, mais elle avait un corps d'une fantastique maturité comparé à la fragilité du visage.

Elle avait des seins d'une totale plénitude, puis une taille minuscule, puis de vastes hanches qui se rétrécissaient en de longues jambes majestueuses.

Son corps était très sensuel et il donnait des idées de luxure tandis que son visage était du Botticelli et vous donnait envie de voyager dans l'éther.

Soudain, elle a senti que j'avais reconnu son corps et elle a rougi amèrement. Elle a plongé la main dans le sac en papier et a sorti un livre.

« Voilà mon livre », a-t-elle dit.

En le posant sur le bureau, elle a presque fait un bond. Elle avait failli reculer, puis, à la dernière seconde, avait changé d'avis. Elle m'a, à nouveau, regardé et j'avais l'impression qu'il y avait quelqu'un niché à l'intérieur d'elle et qui regardait dehors, comme si son corps était un château fort et qu'une princesse vivait dans la tour.

Le livre était emballé dans du papier marron, sans aucun signe distinctif ni indication de provenance et il n'y avait pas de titre. Le livre avait l'air d'un coin de terre dénudée brûlant d'une chaleur frigorifiée.

« Et quel en est le sujet ? » ai-je demandé. Je tenais le livre dans la main et je sentais presque la haine qui en sortait.

« Le sujet, le voilà », a-t-elle dit, brusquement, hystériquement presque, en déboutonnant son manteau et en l'ouvrant à deux battants, comme si c'était une porte donnant sur un horrible donjon rempli d'instruments de torture, de douleur et de confession.

Elle portait un chandail bleu, une jupe et une paire de bottes en cuir noir dans le style de l'époque. Elle avait, sous ses vêtements, un corps fantastique de plénitude et de maturité qui aurait amèrement fait suinter le maquillage sur le visage des stars, des reines d'un jour et des girls de cabaret.

Elle était la copie conforme des plus fous désirs de l'homme occidental de la seconde moitié du XXe siècle en matière de silhouette féminine : les seins lourds, la taille fine, de larges hanches et des jambes très longues dans le style du mobilier *Playboy*.

Elle était si belle que les gens de publicité l'auraient

classée monument national, s'ils avaient pu lui mettre les pattes dessus.

Alors, ses yeux bleus virevoltèrent comme l'eau au fond d'une piscine et elle se mit à pleurer.

« Ce livre parle de mon corps, dit-elle. Je le déteste. Il est trop grand pour moi. C'est le corps de quelqu'un d'autre. Ce n'est pas le mien. »

J'ai fouillé dans ma poche et j'en ai sorti un mouchoir et une poignée de caramels. Les gens, en temps de détresse ou de chagrin, je leur dis toujours que tout va s'arranger et je leur donne des caramels. Cela les prend par surprise et leur fait du bien.

« Tout va s'arranger », ai-je dit.

Et je lui ai donné un caramel. Elle le tenait dans sa main tressaillante et le regardait fixement. Alors, je lui ai donné le mouchoir.

« Essuyez-vous les yeux, ai-je dit, et mangez le caramel pendant que je vais vous chercher un verre de porto. »

Elle trifouillait abstraitement l'emballage du caramel comme si c'était un outil parvenu d'un siècle lointain et futur, lorsque je suis sorti pour aller chercher mon porto. Je me disais qu'on en aurait autant besoin l'un que l'autre.

Quand je suis revenu, elle mangeait son caramel. « Alors ? C'est pas bon, ça ? » ai-je demandé en souriant.

C'était tellement grotesque, ce geste de lui donner un caramel, qu'elle sourit, oh à peine, et me regarda presque en face.

« Asseyez-vous, je vous en prie », ai-je dit en montrant la table et les chaises. Elle s'est assise comme si son corps était de six pouces plus large qu'il ne l'était en réalité. Elle était déjà assise que son corps n'avait pas encore fini de s'asseoir.

J'ai versé à chacun un verre de porto. C'était tout ce que la bibliothèque pouvait se permettre. Et il y eut alors une sorte de silence gauche pendant que chacun buvait.

J'allais lui dire qu'elle était jolie, qu'il ne fallait pas avoir honte, qu'elle avait tort de se maudire elle-même, mais je me suis retenu à temps.

Ce n'était pas du tout ce qu'elle voulait s'entendre dire et, d'ailleurs, ce n'était pas du tout ce que je voulais dire. Après tout, je ne suis quand même pas si bête. Ni l'un ni l'autre nous ne voulions entendre dire ce que j'avais d'abord failli lui dire.

« Comment vous appelez-vous », ai-je dit.

« Vida. Vida Kramer. »

« Et vous avez quel âge ? »

« Dix-neuf ans. Presque vingt. Je les aurai le dix de ce mois-ci. »

« Et vous êtes étudiante ? »

« Non. Je travaille. J'ai un travail de nuit. Au début, je suivais des cours à l'université, mais... Enfin, maintenant je travaille la nuit. Ça va. » Elle me regardait presque.

« Vous venez de terminer votre livre ? » ai-je dit.

« Oui. Je l'ai fini hier. J'ai voulu raconter comment c'est d'être dans ma peau. Je me suis dit que c'était la seule solution. Quand j'avais onze ans, j'avais 36 pouces de tour de poitrine et j'étais encore en sixième. Depuis huit ans, j'ai été l'objet, le culte et la cible d'un million de plaisanteries obscènes. Quand j'étais en cinquième, ils m'appelaient Lolo. C'est gentil, non ? Et depuis, ça ne s'est pas arrangé.

Ce livre parle de mon corps. J'y raconte comment c'est horrible d'avoir toujours des gens qui viennent flairer quelque chose qui vous est totalement étranger. Des gens qui viennent se vautrer dessus, souffler dedans. C'est ma sœur aînée qui est comme je suis en réalité.

C'est horrible.

Pendant des années, j'ai fait un rêve, toujours le même. Je me levais au milieu de la nuit, j'entrais dans la chambre de ma sœur et je changeais de corps avec elle. J'enlevais mon corps et je mettais le sien. Il m'allait comme un gant.

Au réveil, le matin, je portais mon vrai corps, mon corps à moi, et elle, elle était dans cette horrible chose que je porte maintenant. Je sais bien que ce n'est pas très gentil comme rêve, mais je l'ai fait pendant toute mon adolescence.

Vous ne pouvez pas savoir ce que c'est, d'être moi. Je ne peux pas aller quelque part sans déclencher les sifflets, les grognements, les hurlements, les obscénités de haut et bas vol. Tous les hommes que je rencontre ne pensent qu'à coucher avec ça. Ce n'est pas ma faute, j'ai tiré le mauvais corps. »

Elle me regardait droit dans les yeux. Son regard était tout droit, sans brisure ni cassure, et constant comme un immeuble plein de fenêtres planté au beau milieu du monde.

Elle continuait : « Ma vie entière n'a été qu'un tourment. Je ne sais pas, je ne sais plus. J'ai écrit ce livre pour raconter au monde combien la beauté physique est une chose horrible. J'ai voulu en exprimer totalement la terreur.

Il y a trois ans, un homme a été victime d'un accident de voiture à cause de ce corps qui est à moi. Je marchais le long de l'autoroute. J'étais allée à la plage avec mes parents, mais ils m'énervaient, j'en avais assez. Ils voulaient que je me mette en maillot de bain. Ils me disaient tout le temps : « Allez, ne sois pas timide. Mets-toi à ton aise. Détends-toi un peu. » Tout le monde me regardait. J'étais malheureuse à pleurer. On ne voyait que moi sur la plage. Finalement, il y a un vieux de quatre-vingts ans qui tremblait tellement qu'il a laissé tomber sa glace à la vanille sur son pied gauche, alors je me suis rhabillée et je suis partie me promener sur la route. Je voulais marcher, me changer les idées.

Un homme est survenu, au volant de sa voiture. Il a ralenti. Il me regardait avec de gros yeux de hibou. J'ai essayé de faire comme si de rien n'était, mais il insistait. Il a oublié où il était, ce qu'il faisait et tout. Il est allé jeter sa voiture contre un train.

J'ai couru, couru vers lui et il était encore vivant. Il est mort dans mes bras et il me regardait toujours. C'était horrible. On avait du sang partout, tous les deux, et il ne me quittait pas des yeux. Il avait un bout d'os qui lui sortait du bras. Et puis sa colonne vertébrale était toute bizarre. Il a dit : " Ce que vous êtes belle, mademoiselle ", et il est mort. De quoi faire mon bonheur pour la vie.

J'avais quinze ans, au lycée, un garçon de ma classe a bu de l'acide chlorhydrique pendant les TP de chimie parce que je ne voulais pas sortir avec lui. Il était un peu dingue, d'accord, mais il n'y avait quand même pas de quoi être heureuse. Du coup, le proviseur m'a formellement interdit de venir en pull-over en classe.

Tout ça, c'est ça ! a dit Vida en montrant, d'un geste pluvieux, son corps. Mais ça, ce n'est pas moi ! Je refuse d'être tenue responsable. Je n'ai rien à voir avec mon corps. Je ne lui demande rien. Je ne me sers pas de lui pour rien obtenir, de personne ! Jamais, ni autrefois ni maintenant ni demain !

Je passe mon temps à me cacher de lui. Vous vous rendez compte ? Passer sa vie à se cacher de son propre corps, comme si c'était un monstre dans un film d'épouvante, et encore une série B. Et malgré tout, il faut bien que je m'en serve, tous les jours, pour manger, pour dormir, pour aller d'un point à un autre. Je suis bien obligée d'en passer par lui. Chaque fois que je prends un bain, j'ai envie de vomir. Je suis mal dans ma peau. C'est pas ma peau. Je suis dans la peau d'une autre. »

Pendant tout ce récit, elle ne m'avait pas quitté des yeux. J'avais l'impression d'être une statue au milieu d'un square. Je lui ai servi un second verre de porto et un, aussi, pour moi. Mon sentiment, à cet instant, était qu'il faudrait encore pas mal de porto avant que la nuit ne s'achève.

« Je ne sais pas que vous dire, ai-je dit. Je ne suis que bibliothécaire. Je ne peux pas faire comme si vous n'étiez pas belle. Ce serait comme faire semblant que vous êtes ailleurs. Disons en Afrique, par exemple, ou en Asie. Ou encore comme faire semblant que vous êtes quelque chose d'autre : une plante ou bien un pneu, ou bien un paquet de petits pois surgelés ou bien un ticket d'autobus. Vous comprenez ce que je veux dire ? »

« Je ne sais pas », a-t-elle dit.

« C'est la vérité. Vous êtes très jolie et vous ne changerez jamais. Alors, autant en prendre votre parti et vous y habituer. »

Elle a soupiré puis alors, gauchement, elle a enlevé son manteau et l'a laissé glisser sur la chaise comme une peau de légume qu'on épluche.

« Une fois, j'ai essayé de porter des vieux vêtements. De vraies guenilles, avec des poches partout. Mais ça n'a pas marché parce que j'en avais assez d'être attifée à l'as de pique. Certes, ce n'est pas tous les jours drôle d'habiter cette chose charnue qui vous enveloppe de partout, mais, d'un autre côté, si c'est pour s'entendre traiter de beatnik ! »

Elle m'a décoché un grand sourire et elle a dit : « Enfin, c'est mon problème. Bon. Et maintenant, qu'est-ce qui se passe ? Qu'y a-t-il de prévu au programme ? Encore des caramels ? »

J'ai fait mine d'en trouver encore un dans le fond de ma poche et elle a éclaté de rire. C'était très agréable à voir.

Brusquement, et presque violemment, elle a tourné son attention vers moi. « Mais au fond, qu'est-ce que vous faites ici, dans cette drôle de bibliothèque ? a-t-elle dit. Cet endroit où tous les paumés et les mal-barrés du monde viennent apporter leur livre. Tiens, je suis curieuse de vous. Alors, comment c'est, votre histoire, monsieur le bibliothécaire marchand de caramels ? »

Elle souriait en disant ces mots.

« Je travaille ici », ai-je dit.

« Trop facile. D'où venez-vous ? Où allez-vous ? »

« Eh bien, j'ai fait beaucoup de choses dans ma vie, ai-je dit en contrefaisant la voix chevrotante d'un vieillard. J'ai travaillé dans des scieries, des usines de conserves, des chantiers et maintenant, je suis ici. »

« Où habitez-vous ? »

« Ici », ai-je dit.

« Vous habitez ici, dans la bibliothèque ? »

« Oui, j'ai une grande chambre derrière, avec une petite cuisine et une salle de bains. »

« On peut voir ? a-t-elle dit. Je suis curieuse de savoir qui vous êtes. Quoi, un jeune vieillard comme vous, travailler dans un endroit aussi sinistre ! On dirait que vous non plus, vous n'êtes pas allé très loin sur votre petit bonhomme de chemin, hein ? »

« Alors là, mademoiselle, vous l'avez bien dit, ai-je dit. Là, vous mettez le doigt dessus. » Parce que effectivement, là, elle m'avait eu.

« Je suis comme ça, moi, a-t-elle dit alors. Je suis peut-être malade dans la tête, mais je ne suis pas si bête. Et si vous me montriez votre chambre maintenant ? »

« C'est-à-dire que..., ai-je dit en biaisant un peu. C'est que, voyez-vous, ce serait un peu une infraction au règlement. »

« Non mais, vous voulez rire ? Vous voulez dire qu'il y a ici un règlement susceptible d'infraction ? Écoutez. Je ne veux pas être trop brusque et vous faire de la peine, mais il faut quand même que vous sachiez que cet endroit, c'est quand même un peu bizarre. C'est un endroit un peu dingue sur les bords, cela dit sans vouloir vous vexer. »

Elle s'est mise debout et s'est étirée gauchement. Après, je commence à avoir du mal à décrire. Jamais de ma vie je n'avais vu un si beau corps de femme et son charme opérait sur moi. Aussi sûrement que la houle du large vient se briser en ressac sur le bord de la plage, je lui montrai ma chambre.

« Il vaut mieux que j'emporte mon manteau », a-t-elle dit alors. Elle l'a plié sur son bras. « Monsieur et cher bibliothécaire, je vous en prie, après vous. »

« Je n'ai encore jamais fait ça », ai-je dit, d'une voix lointaine, ne parlant à personne en particulier.

« Moi non plus, a-t-elle dit. Ce sera pour chacun des deux quelque chose d'inédit. »

J'ouvrais la bouche pour parler mais l'abstraction m'ennuageait la langue et la rendait distante et morte.

« La bibliothèque n'est pas ouverte à cette heure-ci, si ? demanda-t-elle alors. Je veux dire, il est minuit passé et elle n'est ouverte que pour les cas spéciaux, les oiseaux de nuit comme moi, n'est-ce pas ? »

« Oui, elle est fermée, mais... »

« Mais quoi ? »

Je ne sais pas d'où venait ce « mais... » mais il disparut aussi vite qu'il était venu, retournant à l'oubli où vont se perdre les conjonctions mortes.

« Mais rien », ai-je dit.

« Alors, il vaut mieux éteindre les lumières. On gaspille l'électricité. »

« Oui », ai-je dit en sentant une porte se fermer derrière moi. Je savais déjà, dans mon for intime, que cette fille, au premier abord timide et malheureuse, était en train de se métamorphoser en quelque chose de très fort que je ne savais trop comment prendre.

« Il vaut mieux, je crois, que j'éteigne les lumières », ai-je dit.

« Oui », a-t-elle dit.

J'ai éteint les lumières dans la bibliothèque et j'ai allumé dans ma chambre. Ce n'étaient pas les seuls feux qui s'allumaient tandis qu'une porte se fermait derrière nous et que, devant, une autre s'ouvrait.

« Hum, très simple votre chambre, a-t-elle dit en posant son manteau sur le lit. J'aime bien. Vous devez mener une vie bien solitaire avec tous ces paumés et ces dingues, moi comprise, qui viennent apporter leur livre. »

« Pour moi, c'est chez moi », ai-je dit.

« Voilà qui est un peu triste. Ça fait longtemps que vous êtes ici. »

« Des années », ai-je dit. Pendant qu'on y était !

« Vous êtes trop jeune pour qu'il y ait si longtemps. Quel âge avez-vous ? »

« Trente et un. »

« Le bel âge. »

Elle me tournait le dos et regardait le placard de la cuisine.

« Vous savez, vous avez le droit de me regarder, a-t-elle dit alors sans tourner pour autant la tête. Pour une raison étrange et que je m'explique mal, cela m'est égal si vous me regardez. En fait, ce serait même plutôt agréable. Mais arrêtez de prendre cet air de brigand pour le faire. »

Cette remarque m'a fait rire.

Brusquement, elle s'est retournée et elle m'a regardé à moitié, puis en face et elle a souri d'un large sourire. « Vous savez, c'est vrai, je n'ai pas eu la vie drôle. »

« Je crois que je comprends un peu. »

« C'est gentil. » Elle a tendu la main et a lissé ses longs cheveux noirs. Il y eut alors près de son oreille comme un ouragan d'éclairs.

« Je voudrais bien un peu de café », a-t-elle dit en me regardant.

« Je vais mettre l'eau à chauffer. »

« Non, laissez-moi faire. Je fais très bien le café. C'est ma spécialité. Dans mon village, on m'appelle la reine du café. »

« Eh bien, ça alors..., ai-je dit, embarrassé. Je suis désolé, mais je n'ai que du nescafé. Lyophilisé. C'est plus vite fait. »

« Alors, allons-y pour le vite fait, a-t-elle dit. Ce sera le nom de notre jeu. Qui sait ? Peut-être que j'ai aussi la main heureuse pour le vite fait... » et elle souriait.

« Je vous apporte tout ce qu'il faut. »

« Non, non. Laissez-moi, je m'en occupe. Je suis curieuse de voir à quoi ressemble votre cuisine. Je veux en savoir plus sur vous et cette jolie petite cuisine me semble un bon point de départ. D'ailleurs, au premier coup d'œil, je vois déjà que vous êtes un peu comme moi. Vous n'êtes pas chez vous dans le vaste monde. »

« Au moins, laissez-moi vous chercher le café, ai-je dit. Il est dans... »

« Asseyez-vous, vous me donnez le vertige. Le café vite fait ne peut être bien fait que si une seule personne à la fois s'en occupe. Ne vous inquiétez pas, je trouverai. »

Je me suis assis sur le lit, près de son manteau.

Elle trouva tout facilement et prépara le café comme si elle était le chef d'un restaurant trois étoiles. Je n'ai jamais vu tant de soin et d'éloquence aller à la confection d'une tasse de nescafé. C'était comme si la préparation du nescafé était un ballet et elle une ballerine évoluant, de pointes en pirouettes, entre la cuillère, la boîte et la bouilloire pleine d'eau frémissante.

Elle a débarrassé la table et a décidé qu'on prendrait le café sur le lit parce que c'était plus confortable.

Nous nous sommes assis sur le lit puis blottis dans un

recoin, comme une portée de chatons dans la paille, en train de boire du nescafé et de parler de la vie. Elle travaillait comme assistante technique dans un laboratoire scientifique où l'on pratiquait des expériences sur des chiens dans le but de résoudre certaines énigmes parmi les plus perplexantes de la science moderne.

« Comment avez-vous trouvé cet emploi ? » ai-je dit.

« Les petites annonces. »

« Et vos études ? »

« J'en avais marre. Un de mes profs est tombé amoureux de moi. Je l'ai envoyé promener et il m'a collée à l'examen. J'étais furieuse et j'ai changé d'université.

« Et là ? »

« Même scénario. C'est toujours le même scénario. Et encore le prof de littérature. Je ne sais pas ce qu'ils ont dans la peau, les profs de littérature, mais dès que je fais mine d'approcher, ils tombent comme des guillotines. »

« Où êtes-vous née ? »

« A Santa Clara. Bon, j'ai assez répondu, maintenant c'est à mon tour de poser les questions. A vous de me dire comment vous avez trouvé cet emploi, monsieur le bibliothécaire. »

« Je l'ai occupé. »

« Il n'y avait même pas, si je comprends bien, de petite annonce dans le journal. »

« Non, même pas. »

« Et comment l'avez-vous “ occupé ” ? »

« Le type qui était ici avant moi, il ne pouvait pas souffrir les gosses. Il avait toujours l'impression qu'ils allaient lui faucher ses godasses. Je suis venu avec un livre que j'avais écrit et, pendant qu'il inscrivait le titre dans le Grand registre des auteurs & matières de la bibliothèque, deux gosses sont entrés et je l'ai vu défaillir alors je lui ai dit qu'il valait mieux que ce soit moi, désormais, qui m'occupe de la bibliothèque et que lui, il valait mieux qu'il trouve un emploi où il n'ait pas affaire aux enfants. Il m'a dit alors qu'effectivement, il se sentait au bord de la dépression nerveuse et voilà comment j'ai eu le poste. »

« Et avant de venir ici, que faisiez-vous ? »

« Oh, j'ai pas mal traîné ma bosse : les scieries, les usines de conserves, les chantiers. Pendant quelques années, j'ai été nourri et logé par une dame, mais elle a fini par se lasser et un beau matin elle m'a foutu dehors. Je sais pas..., ai-je dit, c'était assez touffu et compliqué, ma vie, avant que je vienne travailler ici. »

« Et après ? Quand vous quitterez ce poste, quels sont vos projets ? D'ailleurs, vous ne comptez peut-être pas partir ? »

« Oh, je ne sais pas, ai-je dit. Je trouverai bien quelque chose. Un autre travail ou bien une autre dame ou alors peut-être que j'écrirai un roman et que je le vendrai à un producteur de cinéma. »

Elle a eu l'air de trouver cela amusant.

On avait fini le café. C'était marrant, parce que brusquement on s'est rendu compte, tous les deux, qu'on n'avait plus de café à boire et qu'on était assis tous les deux, ensemble, sur le lit.

« Et maintenant, qu'est-ce qu'on va faire ? » a-t-elle dit. « Il n'y a plus de café à boire et il se fait tard. »

« Je ne sais pas », ai-je dit.

« J'imagine que ce ne serait pas très original si nous nous couchions ensemble dans ce lit, a-t-elle dit, mais franchement, je ne vois pas autre chose de mieux à faire, vu les circonstances. Je ne veux pas rentrer chez moi et dormir toute seule. Je vous aime bien. Je veux rester avec vous ici cette nuit. »

« Perplexante situation », ai-je dit alors.

« Vous ne voulez pas dormir avec moi ? », a-t-elle dit sans me regarder, mais sans regarder ailleurs non plus.

Ses yeux étaient à peu près à mi-chemin entre me regarder à moitié et penser à moitié à autre chose.

« Vous n'avez pas d'autre endroit où aller, ai-je dit. Et je me sentirais criminel de vous laisser seule cette nuit. Mais ce n'est pas facile de dormir avec des inconnus. Pour ma part, cela fait des années que je ne le fais plus. D'un autre côté, nous ne sommes plus tout à fait des inconnus, si ? »

Elle tourna ses yeux aux trois quarts vers moi.

« Non, nous ne sommes pas des inconnus. »

« Vous voulez dormir avec moi ? » ai-je demandé.

« C'est-à-dire que, je ne sais pas ce que vous avez de spécial, mais je me sens bien avec vous. »

« Ce sont mes vêtements. C'est toujours pareil. Je sais où dénicher des frusques qui font que les gens se sentent bien avec moi. »

« Si vous les gardez, vos vêtements, je ne dors plus avec vous. »

« Vous voulez vraiment dormir avec moi ? »

« Je n'ai encore jamais dormi avec un bibliothécaire », a-t-elle dit alors en se tournant à 99 % vers moi. Le dernier 1 % s'apprêtait à virer. Je l'ai vu qui esquissait un mouvement tournant.

« J'ai apporté un livre ici ce soir où je dénonçais mon corps, le trouvant, disais-je, grotesque et éléphantesque, mais maintenant j'ai comme une envie de prendre cette gauche machine et de l'allonger à vos côtés, ici, dans cette bibliothèque étrange et inconnue. »

Le conte à rebours sur le chemin de Tijuana[1]

C'est chose abstraite de se déshabiller pour la première fois devant quelqu'un d'inconnu. Ce n'était pas cela que l'on avait prévu. Et votre corps, alors, détourne presque le regard de lui-même et est comme un étranger dans ce monde.

Notre vie, pour la majeure part, nous la vivons en privé, cachés sous nos vêtements, sauf dans un cas comme celui de Vida dont le corps vivait à l'extérieur d'elle, pareil à un continent perdu peuplé de dinosaures de son choix.

« Je vais éteindre la lumière », dit-elle, en s'asseyant à côté de moi sur le lit.

Je tressaillis de percevoir la panique dans sa voix. Il y a quelques secondes, elle avait presque l'air détendu. Oh là, comme il lui fallait peu de temps pour déménager les meubles dans sa tête. A sa suggestion je répondis fermement : « Non, je vous en prie. »

Elle cessa de remuer les yeux et son regard alors s'arrêta net, comme un aéroplane bleu qui s'écrase au sol.

« D'accord, dit-elle. C'est une bonne idée. Ce sera très difficile, mais je n'ai pas le choix. Je ne peux pas continuer indéfiniment ainsi. »

1. Ce chapitre, dans la version originale, s'intitule *Counting towards Tijuana.* Parce que :

Parce que dans un poème sur la Seconde Venue du Christ W. B. Yeats parle d'une bête sauvage rampant vers Bethléem pour y naître *(Slouching towads Bethlehem to be born?)*

Parce qu'en Californie plus qu'ailleurs on attend cette apocalypse et que Joan Didion, lorsqu'elle y a fait son inventaire des prodromes de la Fin du monde, l'a aussi intitulé *Slouching towards Bethlehem.*

Parce qu'à Tijuana nul ne naît.

Parce qu'en américain le mot « counting » est susceptible de plusieurs étymologies. *(Note de l'archiviste.)*

Elle montra d'un geste son corps comme s'il était là-bas, tout au fond d'une vallée esseulée et lointaine et qu'elle, du sommet de la montagne, le regardait de très haut. Des larmes lui vinrent tout à coup aux yeux. Il y avait de la pluie maintenant, sur les ailes bleues de l'aéroplane.

Puis elle cessa de pleurer sans qu'une seule larme eût quitté ses yeux. Quand j'ai regardé à nouveau, toutes les larmes avaient disparu. « Il faut laisser la lumière, dit-elle. Je ne pleurerai pas. C'est promis. »

Je tendis la main et, pour la première fois en deux milliards d'années, je la touchai. Je touchai sa main. Mes doigts effleurèrent lentement ses doigts. Sa main était presque froide.

« Froid ? » demandai-je.

« Non. C'est seulement ma main. »

Elle glissa légèrement, gauchement vers moi et reposa sa tête au creux de mon épaule. Lorsque sa tête me toucha, je sentis mon sang faire un bond en avant et mes nerfs et mes muscles s'étirer comme des fantômes vers l'avenir.

Mon épaule était baignée de peau blanche et douce et de longs cheveux où luisaient les éclairs. J'ai lâché sa main et j'ai touché son visage. Il était tropical.

« Vous voyez, a-t-elle dit, avec un faible sourire. C'était seulement ma main. »

C'était fantastique de cerner son corps, lentement sinon on l'aurait effarouchée comme une biche et elle se serait enfuie dans les bois.

Poétiquement, je bougeai le creux de mon épaule comme les derniers vers d'un sonnet shakespearien. (« L'amour est un enfant ; que ne l'ai-je point dit. Laissant croître à loisir ce qui toujours grandit. ») Et ce faisant, je ployai l'arc de son dos jusqu'au lit.

Elle m'observait d'en bas tandis qu'accroupi, je

descendais lentement vers elle et embrassai, aussi délicatement que je pus, sa bouche. Je ne voulais pas que ce premier baiser, ne fût-ce que par une allusion ou un geste, fleurât tant soit peu les halles de la viande.

La décision

C'est une décision difficile à prendre, s'il faut commencer une fille par le haut ou par le bas. Avec Vida, franchement, je ne savais pas par où commencer. C'était vraiment un problème.

Quand elle se souleva un peu et, gauchement, plaça mon visage dans un petit réceptacle qui était ses mains et qu'elle m'embrassa calmement (encore, et encore) il fallut bien commencer quelque part.

Pendant tout ce temps, elle me regardait fixement. Ses yeux ne me quittaient pas des yeux, comme si j'étais un terrain d'atterrissage.

Je changeai de réceptacle et c'est son visage alors qui devint une fleur entre mes mains. Lentement, pendant que je l'embrassais, j'ai laissé mes mains dériver le long de son visage puis plus bas encore, jusqu'au cou, jusqu'aux épaules.

Et je voyais l'avenir se chambarder dans sa tête tandis que j'arrivais à la lisière de ses seins. Si vastes, d'un galbe si parfait sous son pull, que j'avais l'estomac perché en haut d'un escabeau lorsque je les touchai pour la première fois.

Ses yeux ne me quittaient pas et je voyais dans ses yeux le reflet du geste par lequel je touchai ses seins. Ce fut comme un bref éclair bleu.

J'étais presque hésitant, à la manière propre aux bibliothécaires.

« C'est promis », dit-elle alors en me prenant les mains et en les appuyant, avec gaucherie, plus fort contre ses seins. Elle n'avait bien entendu aucune idée de l'effet que cela produisait en moi. L'escabeau, à force, commençait à vaciller.

Elle m'embrassa à nouveau, mais cette fois avec la langue. Sa langue se glissait le long de ma langue comme un morceau de verre chaud.

Une décision qui se poursuit

Donc, j'avais décidé de commencer par le haut et cette décision, maintenant, il allait falloir l'appliquer et, bientôt, nous en arrivâmes au point où il fallait enlever ses vêtements.

Je voyais bien qu'elle ne voulait pas être impliquée là-dedans. Inutile de compter sur son aide. C'était à moi de faire tout.

Merde.

Ce n'était pas exactement ce genre de choses que j'avais en tête lorsque j'ai pris cet emploi de bibliothécaire. Je voulais tout simplement m'occuper des livres parce que l'ancien bibliothécaire n'était plus en état de le faire. Il avait peur des enfants mais, quoi qu'il en soit, il n'était plus temps maintenant de spéculer sur ses peurs. J'avais mes propres problèmes.

J'avais d'ores et déjà manifestement outrepassé le simple geste de prendre le livre qu'apportait cette étrange et gauche et belle fille. Il fallait maintenant faire face à plus compliqué. Il fallait que je prenne ce corps étendu devant moi et que j'enlève ses vêtements de manière que nous puissions joindre nos corps comme un pont au-dessus d'un abîme.

« J'aurais besoin de votre aide », ai-je dit.

Elle ne disait rien. Elle continuait simplement à me dévisager. Le bref éclat bleu de tout à l'heure apparut à nouveau dans ses yeux, mais il était cette fois plus calme sur les franges.

« Qu'est-ce que je peux faire », dit-elle.

« Si vous pouviez vous asseoir… » dis-je.

Elle s'assit, gauchement.

« Bon. Maintenant, si vous pouviez lever les bras en l'air ? » dis-je.

« Jusqu'ici, c'est relativement simple, n'est-ce pas ? » dit-elle.

Je ne sais pas trop ce qui se tramait, mais une chose est sûre, j'y mettais du mien. Cela aurait été tellement plus simple encore de lui prendre gentiment son livre et de lui dire adieu et bonne route, mais tout cela, c'était de l'histoire ancienne maintenant, ou bien comme la grammaire d'une langue oubliée.

« C'est pas mal comme ça, dit-elle et elle sourit. J'ai l'impression d'être un caissier de banque un matin de hold-up. »

« C'est exactement ça, dis-je. Ne résistez pas. Faites ce qui est inscrit sur ce papier et il ne vous arrivera aucun mal », et peu à peu, doucement, je fis glisser son pull. Le pull, en montant, découvrit d'abord son estomac puis passa l'obstacle des seins, restant accroché, le temps d'un soupir, à l'un d'eux. Il fallut que je me penche pour l'aider à passer. Ensuite, son cou et son visage disparurent à l'intérieur du pull puis réapparurent de l'autre côté, lorsque les manches se détachèrent de ses doigts.

C'était fantastique de la regarder. J'aurais pu rester ainsi, en suspens, une éternité, mais je continuai ma route. Il fallait bien. Lui enlever son soutien-gorge, c'était ma mission dans la vie.

« C'est comme quand j'étais petite », dit-elle. Elle se tourna un peu de biais pour que je puisse atteindre la fermeture, derrière. Je m'embrouillai un peu dans les crochets. Jamais eu beaucoup de chance avec les crochets.

« Vous voulez de l'aide ? » a-t-elle dit.

« Non, ça va, je vais y arriver, ai-je dit. Cela prendra peut-être plusieurs jours, mais j'y arriverai. Surtout, ne perdez pas courage. Voilà, ça y est... AH ! »

Cela a fait rire Vida.

Elle aurait pu se passer de soutien-gorge. Ses seins, lorsque le soutien-gorge se sépara d'eux, comme un double toit qu'on enlève à une maison, pour aller rejoindre le pull, restèrent hauts et pointés exactement comme avant. Tout cela faisait un tas de vêtements difficile. Chaque article avait été gagné dans une étrange guerre.

Le bout de ses seins était tout petit et d'une couleur délicate qui faisait contraste avec la pleine maturité des seins eux-mêmes. Le bout de ses seins était doux au toucher. Un incongruité de plus, attachée comme une porte à Vida.

Alors, tous les deux en même temps, nous avons regardé ses bottes, de longues bottes de cuir noir comme une nuée d'animaux rassemblés à ses pieds.

« Je vais vous enlever vos bottes », ai-je dit.

J'en avais terminé avec le haut et il était temps, désormais, de commencer le bas. Il y en a, des morceaux, dans une fille.

J'ai enlevé les bottes et ensuite j'aı enlevé les socquettes. J'aimais la sensation de mes mains glissant le long de ses pieds comme une rivière sur son lit caillouteux. Et ses orteils étaient les galets les plus jolis que j'aie jamais vus.

« Et maintenant, s'il vous plaît, debout », dis-je. On avait trouvé un rythme. Elle se mit gauchement debout et je défis la fermeture Éclair de sa jupe. Je fis descendre la jupe le long de ses hanches jusqu'au plancher et, d'une enjambée, elle en sortit. Je plaçai la jupe sur le tas, par-dessus les autres batailles.

Je regardai à l'intérieur de son visage avant de lui

enlever son slip. Son visage avait l'air calme et, bien qu'il y eût encore de brefs éclairs de foudre bleue, les yeux restaient doux sur leurs franges et les franges grandissaient à vue d'œil.

J'ai enlevé son slip et voilà, c'était fait. Vida était sans vêtements, déshabillée, toute nue, là, devant moi.

« Vous voyez, dit-elle. Ce n'est pas moi. Je ne suis pas là. Elle m'entoura le cou de ses bras. Je n'y suis pas encore, mais je vais essayer d'y venir et j'essaierai même d'y être avant vous, monsieur le bibliothécaire. »

Deux soliloques (de 37 pouces + 19 + 36)

« Franchement, je n'arrive pas à comprendre comment il peut y avoir des femmes pour vouloir un corps comme celui-ci. Ce qu'elles peuvent être grotesques. Et on les voit qui font tout ce qu'elles peuvent, qui se démènent, qui remuent ciel et enfer avec leurs régimes, leurs hormones, leurs sous-vêtements obscènes, tout cela pour qui pour quoi ? Pour avoir un truc obscène comme ce corps-ci. Et elles essaient tout, et n'importe quoi. Et quand ça ne marche pas, tant pis, elles se rembourrent pour faire mine. Pauvres connes ! C'est un corps comme celui-ci que vous voulez, eh bien tenez, en voici un ! Allez-y, prenez-le. On vous le donne pour rien ! Allez, venez le chercher, bande de salopes. C'est la curée, bande de chiennes en chaleur !

Non mais ! Elles ne savent donc pas ce qui les attend ? Ou bien est-ce que, par hasard, c'est ça qui leur ferait envie ? Serait-ce donc possible ? Sont-elles donc toutes comme les truies qui se vautrent dans la fange et se servent de leur corps pour attirer l'argent, toutes ces stars, ces mannequins, ces modèles, ces putains !

Oh, juste ciel !

Franchement, non ! Je ne comprendrai jamais la fatale attraction que des corps comme celui-ci peuvent exercer sur les hommes et sur les femmes. Mon corps, c'est ma sœur qui l'occupe. Un beau corps longiligne, tout en os. Tout cela ne m'appartient pas, toutes ces couches et ces couches. Ce n'est pas moi. Ce ne sont pas mes hanches. Ce n'est pas mon cul. Moi, je suis à l'intérieur, perdue au fin fond de tout ce fatras et ces ordures. Tu me vois ? Je suis là-dedans. Regarde bien à l'intérieur et tu me trouveras, monsieur le bibliothécaire. Je suis quelque part là-dedans. »

Elle mit les bras autour de mon cou et je mis mes mains sur ses hanches. Et nous restâmes ainsi, debout l'un en face de l'autre, à nous regarder sans rien dire.

« Je crois que tu te trompes, dis-je alors. Que cela te plaise ou non, tu es une femme d'une grande beauté et ton emballage est sans défaut. Ce n'est peut-être pas l'emballage dont tu avais rêvé, mais ce corps, ton corps, est sous ta sauvegarde et il faut que tu t'en occupes, que tu le soignes et que tu en sois fière. Oh, je sais que cela n'est pas toujours facile, mais cesse de t'inquiéter à ce point des gens, de ce qu'ils désirent, de ce qu'ils veulent. Sache seulement que toi, tu as en ta possession une chose merveilleuse et qu'il faut essayer de vivre avec.

La beauté est la chose au monde la plus difficile à comprendre. Ne te laisse point impressionner par la famine érotique qui ravage l'adolescence du monde. Tu es une jeune femme pas trop bête et il serait temps que tu commences à te servir un peu de ta tête et que tu réfléchisses un peu parce que c'est cela qui ne va pas chez toi : tu te laisses impressionner par les autres.

Ne sois pas de ces gagnants au jeu de la vie qui mettent leur victoire sur le compte de la fatalité. La vie est trop brève pour traîner un tel boulet. Ce corps est ton corps et c'est toi qui l'habites et il vaut mieux que tu t'y habitues parce que c'est là toute la défroque qui t'est réservée dans ce bas monde et tu ne peux pas indéfiniment te dissimuler à toi-même.

Toi, c'est ça !

Laisse ta sœur occuper son corps à elle et apprends plutôt à aimer et à te servir de celui-ci. Je pense même que tu finiras par y trouver du plaisir, si seulement tu te laisses un peu aller et si, au lieu de penser à ce que sont les autres, tu t'extirpes, au contraire, des égouts d'autrui.

Si chacun se laisse obséder par les obsessions d'autrui le monde entier bientôt, d'Est jusques en Ouest, ne sera plus qu'un immense gibet. »

Nous nous embrassâmes.

TIERS LIVRE

Appel aux cavernes

Appel aux cavernes

Heureusement que j'ai pu joindre Foster aux cavernes lorsque Vida s'est aperçue qu'elle était enceinte. Vida et moi, nous avons discuté. La décision d'avoir un avortement a mûri vite et sans amertume et nous y sommes parvenus calmement, guidés par douce nécessité.

« Je ne suis pas encore prête à avoir un enfant, a dit Vida. Et toi non plus, tant que tu travailleras dans un endroit dingue comme ici. Peut-être une autre fois. Peut-être certainement une autre fois. Mais pas maintenant. Ce n'est pas le bon moment. Si l'on ne peut pas se consacrer totalement à un enfant, il vaut mieux attendre. Il y a trop d'enfants au monde et pas assez d'amour. Un avortement, c'est la seule solution dans notre cas. »

« Je pense, ai-je dit, que tu as raison. Je ne vois pas pourquoi cette bibliothèque est un endroit dingue, mais c'est vrai, quand même, que nous ne sommes pas prêts à avoir un enfant. Dans quelques années, peut-être. Je pense qu'une fois qu'on aura eu l'avortement, il faudra que tu prennes la pilule. »

« Oui, a-t-elle dit. Dorénavant, pilule. »

Elle a souri, alors, et elle a dit : « Notre corps a eu notre peau, on dirait. »

« Ce sont des choses qui arrivent », ai-je dit.

« Tu sais comment il faut s'y prendre, les démarches et tout ça ? a demandé Vida. Moi, je sais un peu. Ma sœur s'est fait avorter, l'an dernier à Sacramento, mais avant l'avortement, elle est allée voir un médecin de Marin County et il lui a fait des injections d'hormones. Ça n'a pas marché parce que c'était trop tard. Les injections, ça ne marche que si on les fait très tôt et c'est bien meilleur marché qu'un avortement. »

« A mon avis, il faut appeler Foster, ai-je dit alors. Il a eu un petit problème de ce genre l'an dernier et il a fallu qu'il aille à Tijuana avec une de ses Indiennes. »

« Qui c'est, Foster ? » a demandé Vida.

« Il s'occupe des cavernes », ai-je dit.

« Quelles cavernes ? »

« Parce que le bâtiment est trop petit », ai-je répondu.

« Comment ça les cavernes ? »

J'imagine qu'à mon insu je devais être tarabusté par les événements qui se tramaient dans le ventre de Vida. Je me suis calmé un peu et j'ai dit : « Oui, nous avons des cavernes dans le Nord de la Californie. Pour emmagasiner les livres parce que ce local-ci est trop petit pour notre collection.

Cette bibliothèque-ci est très vieille. Foster s'occupe des cavernes. Il fait un tour par ici tous les deux ou trois mois, charge plein sa camionnette de livres et les emporte dans les cavernes pour les stocker.

Par ailleurs, il m'apporte à manger et les petites choses dont j'ai besoin. Le reste du temps, il est soûl et fait la chasse aux femmes du pays. Les Indiennes surtout. Oh, c'est un sacré type, tu verras. Une vraie explosion de dynamite.

L'an dernier, il a fallu qu'il aille à Tijuana. C'est lui qui m'a raconté tout ça. Il connaît un très bon docteur là-bas. Il y a le téléphone aux cavernes. Je vais lui passer un coup de fil. En temps ordinaire, c'est plutôt calme, par ici. Allez, autant y aller et mettre la chose en route. Est-ce que tu peux garder la bibliothèque un moment pendant que je vais téléphoner ? »

« Mais naturellement, a dit Vida. Ce serait un grand honneur pour moi. Jamais je n'aurais pensé que je finirais comme bibliothécaire dans cet endroit. Pourtant, j'aurais dû m'en douter quand je suis venue ici, avec mon livre sous le bras. » Elle souriait et portait une courte robe verte. Son sourire était posé sur sa robe. On aurait dit une fleur.

« Cela ne prendra que quelques minutes, ai-je dit. Je crois qu'il y a une cabine téléphonique au coin de la rue. Si du moins elle y est encore. Il y a si longtemps que je ne suis pas sorti dehors qu'ils ont eu le temps de la déplacer. »

« Non, non, elle y est toujours, a dit Vida en souriant. Va-z-y, je m'occupe de tout. Ne t'inquiète pas. Ta bibliothèque est en bonnes mains. »

Elle tendit ses mains et je les embrassai.

« Tu vois ? » a-t-elle dit.

« Tu sais comment faire pour inscrire les livres dans le Grand registre des auteurs & matières de la bibliothèque ? », ai-je demandé.

« Oui, oui. Je sais comment faire. Et si quelqu'un apporte un livre, ce sera un accueil royal, le tapis rouge et les honneurs. Ne t'inquiète pas. Tout se passera très bien. Arrête de te faire tant de souci, monsieur le bibliothécaire. J'ai l'impression que cela fait trop longtemps que tu es ici. Et j'ai comme une envie, un de ces jours, de te kidnapper. »

« Si tu préfères, tu peux leur dire d'attendre un peu, ai-je dit alors. Je ne serai absent que quelques minutes. »

« Allez, allez, a dit Vida. Laisse tes glandes se reposer un peu. C'est ce mouvement de bascule qui déclenche les sécrétions. »

Dehors (mais très peu)

Oh ! la la ! ça faisait si longtemps. Je ne m'étais pas rendu compte que passer tant d'années au fond de cette bibliothèque, c'était presque comme être une chose qui serait hors du temps. Par exemple, un aéroplane de livres volant à travers les pages de l'éternité.

Être effectivement dehors, c'était, en fait, très différent de regarder dehors par la fenêtre. J'ai descendu la rue et je me trouvais étrangement gauche sur ce trottoir. Le ciment était trop dur, presque agressif ou bien alors c'était moi qui étais trop léger et qui me laissais faire.

Il y avait là sujet à méditations.

J'ai eu beaucoup de mal à ouvrir la porte de la cabine téléphonique, mais finalement j'ai réussi à entrer et j'allais appeler Foster aux cavernes lorsque je me suis rendu compte que je n'avais pas un sou sur moi. J'ai fouillé mes poches, mais hélas, pas un sou. Je n'avais jamais besoin d'argent à la bibliothèque.

« Déjà revenu ? » a dit Vida. Elle était si jolie derrière le bureau, avec sa robe verte et son visage comme une fleur.

« J'ai pas de sous », ai-je dit.

Quand elle s'est arrêtée de rire, ce qui a pris cinq bonnes minutes (ha, ha, vraiment très drôle !), elle est allée chercher son sac et m'a donné toute une poignée de petite monnaie.

« Tu es vraiment génial, a-t-elle dit. Tu es sûr que tu n'as pas oublié comment on s'en sert ? Tiens, regarde. Tu la tiens comme ceci... » Elle tenait une pièce imaginaire entre le pouce et l'index, et elle s'est remise à rire.

Moi, je suis parti. J'avais mes dix sous.

Ça y est, Foster vient

J'ai appelé Foster dans sa caverne. J'entendais son téléphone qui sonnait. Sept fois, huit fois ça a sonné et puis Foster a décroché :

« Qu'est-ce qu'il y a ? a-t-il dit. Qui c'est ? Qu'est-ce que vous voulez, espèce de salaud ! Vous savez l'heure qu'il est ? Une heure de l'après-midi ! C'est une heure ça ? Qui êtes-vous ? Un vampire ou quoi ? »

« C'est moi, ai-je dit. Espèce de vieil ivrogne. »

« Oh ! Mais c'est le gosse. Mais fallait le dire plus tôt ! Alors, qu'est-ce qui se passe par chez toi ? On t'a apporté un éléphant avec un livre écrit dessus ? Écoute, ne t'inquiète pas. Tu lui donnes du foin à manger et j'arrive avec le camion. »

« Très drôle, Foster ! ai-je dit. Ce que c'est drôle ! A crever de rire ! »

« Bof, c'est pas si mal. Toute façon, rien n'est impossible dans ta maison de fous là-bas. Alors, raconte-moi, qu'est-ce qui se passe, petit ? »

« J'ai un problème. »

« Toi ? Comment ça ? Comment peux-tu avoir un problème, tu ne sors pas de ton trou ! C'est la pâleur de ton teint de jeune taulard qui s'écaille, ou quoi ?

« Non. J'ai mis une fille enceinte. »

« HOUHOU ! HOU HOU HOU HOU ! HOU AH ! HOURRAH ! HOU HOU AH AH ! » dit Foster, et la conversation s'interrompit pour laisser Foster rire si fort que son rire parvenait presque à secouer la cabine téléphonique, à plusieurs centaines de kilomètres de distance.

Finalement, il a cessé de rire et il a dit : « Mais on dirait que vous travaillez dur, dans cette bibliothèque. Depuis quand la fornication est-elle comprise dans le service ? Alors comme ça, une fille, hein ? Enceinte, hein ? Coucou, coucou ! Houhou... »

Et il s'est remis à rire de plus belle. C'était jour de rire pour tout le monde sauf pour moi.

« Bon. Alors, qu'est-ce qu'il te faut ? dit-il enfin. Un petit voyage du côté de Tijuana ? Une petite visite chez mon avorteur préféré, ce bon vieux Dr Garcia ? C'est ça ? »

« Oui, oui, dis-je. Quelque chose dans ce genre. »

« Bon, le temps de boire deux trois verres, histoire d'ébaubir mes esprits animaux et de me réveiller un peu, et je saute dans le camion. Je serai là dans la soirée. »

« Parfait, dis-je. C'est juste cela qu'il me faut. »

Il y a eu un bref silence au bout caverneux de la ligne téléphonique.

« Tu n'as pas de fric, si, petit ? » a dit Foster.

« Tu veux rire ? Comment ça, du fric ? Où est-ce que je le trouverais, le fric ? C'est le boulot le plus mal payé du monde. Et pour cause : on n'est pas payé du tout. Il a fallu que j'emprunte dix sous à ma petite amie pour payer la communication. »

« C'est parce que... c'est encore un peu brouillé dans ma tête. Je ne sais pas ce qui s'y passait. Je devais peut-être être en train de me rappeler que j'ai dépensé tout mon argent hier soir pour acheter de quoi boire. Ou alors, je ne sais plus. C'était peut-être la semaine dernière. Enfin, ce qui est sûr, c'est que je n'ai pas de sous. Hou hou ! Hou hou hou les sous. Coucou. Ce que je peux être sans un sou ! »

« Mais alors ? Comment est-ce que je vais manger ? » dis-je. Je me rendais compte soudain qu'il avait bu l'argent de ma bouffe.

« Elle est jolie, au moins ? dit Foster. Elle pourrait passer, à minuit, dans une tempête de sable, à la lueur d'une chandelle ? »

« Quoi ? » ai-je dit.

« Bon, c'est entendu, j'apporterai le fric, dit-il. Cela

vous coûtera deux cents dollars si vous tenez le bon docteur en respect. Parce qu'il faut dire qu'il a un peu tendance à spéculer, de temps en temps. C'est son côté homme d'affaires. Mais on peut éviter ça en lui fourrant d'autor les deux cents dollars dans la main. Voyons un peu. Il vous faudra des billets d'avion, un peu d'argent de poche et peut-être aussi de quoi payer une chambre pour que Vida puisse se reposer un peu après sa visite au Dr Garcia.

Je vais faire le tour des bars et prendre deux trois clients par les pieds pour voir ce qui leur tombe des poches quand on les secoue la tête en bas. Ne quitte pas, petit. Je serai là-bas dans la soirée et alors en avant pour le grand show.

Tu sais, p'tit. Franchement, je ne t'en aurais pas cru capable. Dis bonjour de ma part à la jeune dame et dis-lui aussi que tout va s'arranger : Foster vient. »

La masturbation

Ce Foster, quand même ! Je repris le chemin de la bibliothèque. Juste comme j'arrivais, quelqu'un s'en allait. C'était un jeune adolescent. Il avait peut-être seize ans. Il avait l'air affreusement fatigué et nerveux. Il me croisa, l'air pressé.

« Dieu soit loué, mon amour, tu ne t'es pas perdu ! dit Vida. Je m'inquiétais de ton sort. Je me demandais si tu parviendrais à retrouver le chemin du retour depuis le coin de la rue. Si tu savais comme je suis heureuse de te revoir ! »

Elle contourna le bureau pour venir, hors d'haleine, à ma rencontre et elle me donna un baiser qui dura longtemps. Elle avait, depuis son arrivée à la bibliothèque, perdu 80 % de sa gaucherie. Les 20 % qui restaient, c'était très intrigant.

« Alors ? Comment ça s'est passé ? » dit-elle.

« Très bien, dis-je. Tiens, voilà tes dix sous. Foster vient. Il sera ici dans la soirée. »

« Très bien, dit-elle. Je serai contente lorsque tout cela sera fini. Je n'aimerais pas à avoir à attendre un avortement. Je suis contente que tout doive se passer tout de suite. »

« Moi aussi. Foster connaît un médecin formidable. Tout se passera très bien. Foster s'occupe de tout. »

« Fantastique. Et l'argent. Il faudrait que je... »

« Non, non, dis-je. Foster s'occupe de l'argent. »

« Tu es sûr, parce que... »

« Non, non. Je suis sûr et certain, dis-je. Qui était ce garçon que j'ai vu sortir ? »

« Un gosse qui apportait un livre. Je l'ai accueilli avec tout le charme dont je suis capable et j'ai inscrit de ma plus belle écriture le titre dans le Grand registre des auteurs & matières de la bibliothèque. »

« C'est la première fois depuis des années que je ne suis pas là pour accueillir un livre. Ça fait tout drôle. »

« Tu as beau te donner du mal, tu n'es pas si vieux. Seulement, si tu t'obstines, tu vas te retrouver avec une mentalité de vieillard. »

Elle m'embrassa à nouveau.

« Je vais y jeter un coup d'œil », dis-je.

« A ta vieillesse ? »

« Non, au livre. »

Elle restait plantée là, souriante, tandis que je contournais le bureau. J'ouvris le Grand registre des auteurs & matières de la bibliothèque et j'y lus :

La Face cachée de ma main, de Harlow Blade Junior. L'auteur avait environ seize ans et l'air plus triste que son âge. Il me tournait autour d'un air timide. Pauvre chéri. Il n'arrêtait pas de m'épier du coin de l'œil.

Finalement, il a dit : « C'est vous qui vous occupez de la bibliothèque ? »

« Oui. »

« Je croyais que le bibliothécaire était un monsieur. »

« Il est sorti. Il faudra que je fasse l'affaire. N'ayez pas peur, je ne mords pas. »

« Mais vous n'êtes pas un homme », a-t-il dit.

« Comment vous appelez-vous ? »

« Quoi ? »

« Votre nom, s'il vous plaît ? Il faut que je l'inscrive ici dans le registre si vous voulez que votre livre soit pris. Vous avez bien un nom, n'est-ce pas ? »

« Oui. Harlow Blade Junior. »

« Et votre livre ? Quel en est le sujet ? De quoi parle-t-il ? Il faut également que je le sache pour pouvoir l'inscrire ici dans le registre. »

« Je croyais que ce serait un homme... » a-t-il dit.

« Mais de quoi parle votre livre ? Le sujet, s'il vous plaît. »

« La masturbation. Bon, maintenant, je crois bien qu'il vaut mieux que je parte. »

J'ouvrais la bouche pour lui dire merci, merci d'avoir apporté ce livre, et pour lui dire aussi qu'il pouvait le placer où il voulait dans la bibliothèque, mais il était déjà parti, sans rien dire. Pauvre gosse.

Quel étrange endroit, cette bibliothèque, et pourtant, pour finir, j'imagine qu'il n'y a qu'ici que l'on puisse apporter un livre. Moi, par exemple, j'y ai apporté le mien et je suis toujours là.

Vida marcha d'un pas traînard jusqu'au bureau et se glissa derrière, à mes côtés, et elle me passa le bras autour du cou et lut par-dessus mon épaule le commentaire que je finissais de lire.

« Moi, je trouve que ce n'est pas mal », dit-elle.

Et là sous mes yeux s'étalait l'écriture d'un autre bibliothécaire que moi. En tant d'années, c'était le premier livre que je n'étais pas là moi-même pour accueillir et enregistrer.

Je regardai un moment en direction de Vida et il devait y avoir quelque chose de bizarre dans mon regard parce qu'elle a dit : « Oh non. Non, non, non. »

Foster

Foster arriva à minuit. Nous étions dans ma chambre, assis en rond, en train de boire du café et de parler de trucs et de machins, de ces choses dont plus tard on ne se souvient jamais sauf, peut-être, dans les instants crépusculaires de notre vie.

Foster ne tirait jamais la sonnette de la porte. Il disait que cela lui donnait l'impression de servir la messe et que c'était quelque chose qu'il avait trop fait dans sa jeunesse et qu'il en avait son compte pour toute la vie.

Bang bang bang! Il tapait du poing sur la porte et chaque fois je l'entendais et chaque fois j'avais peur qu'il casse une vitre. Foster n'était pas du genre qui passe inaperçu ni qu'on oublie.

« Qu'est-ce qui se passe ? » dit Vida en sursautant du lit.

« C'est Foster », dis-je.

« On dirait un éléphant », dit-elle.

« Impossible, il ne boit jamais. »

Nous passâmes dans la bibliothèque, allumâmes les lumières et Foster était là, de l'autre côté de la porte, en train de cogner dessus avec son gros poing.

Il arborait un large sourire et portait son traditionnel T-shirt. Il ne portait jamais ni chemise, ni manteau, ni pull-over. Qu'il fasse beau, qu'il fasse laid, quel que soit le temps qu'il fît, pour Foster c'était égal. Qu'il fasse froid, qu'il pleuve ou qu'il vente, Foster toujours portait son T-shirt. Il transpirait, bien entendu, comme un barrage, et sa longue et blonde tignasse de bison lui tombait presque jusqu'aux épaules.

« Hello ! » dit-il. Sa voix faisait boum boum à travers la porte vitrée et la faisait trembler comme une feuille de papier à cigarettes. « Qu'est-ce qui se passe là-dedans ? »

Je lui ai ouvert la porte. Je voyais le camion en stationnement de l'autre côté de la rue. C'était un très gros et étrange camion. On aurait dit un animal préhistorique endormi en face de la bibliothèque.

« Me voici, me voilà ! » dit-il et il me passa un bras autour du corps : étreinte d'ours. Il y avait une bouteille de whisky dans son autre main et la moitié du whisky avait déjà disparu.

« Alors, comment ça va, petit ? Allez, fais pas cette tête-là. Foster est là maintenant. Hé, hé... mais bonjour, bonjour. Il parlait à Vida : Merde alors, c'est que vous êtes rudement jolie, vous ! Ah, ce que je suis content d'être venu. Tous ces kilomètres et ces kilomètres, eh bien je n'en regrette pas un. Ça valait le voyage. Bon Dieu, madame, vous êtes si belle que je marcherais quinze kilomètres pieds nus par un matin de froidure rien que pour être debout dans votre chemise ! »

Vida ne put résister. Il y eut un grand sourire sur son visage. Je voyais tout de suite qu'elle l'aimait bien.

Son corps, en quelques mois qu'elle et moi avions passés ensemble, s'était décrispé. Elle était encore un peu gauche, mais maintenant, au lieu d'être pour elle un handicap, sa gaucherie était une forme de poésie qu'elle traitait avec un charme hallucinant.

Vida s'approcha de moi et passa le bras autour de Foster. Il lui donna, à elle aussi, une grande étreinte d'ours et lui offrit une goulée de gnôle.

« Ça fait du bien par où ça passe ! », dit-il.

« D'accord, dit-elle. Je vais y goûter. »

Prenant sa manière la plus Grand Siècle, il essuya du revers de sa main le goulot de la bouteille avant de la lui tendre. Délicatement, Vida humecta le bord de ses lèvres.

« Allez, petit, toi aussi, essaie-moi un peu de ce machin. Ça fait repousser le poil sur les livres. »

Je bus un coup. Aouahhh !

« Où est-ce que tu as déniché ce whisky ? » dis-je.

« Je l'ai acheté à un Indien mort[1]. »

Où l'on parle d'un louvoiement qui remonte à Jésus-Christ

« Allez, va-z-y petit, on te suit », dit Foster.

Il tenait Vida par la taille. On aurait dit deux petits pois dans une cosse. J'étais content de les voir s'entendre si bien. Nous revînmes ainsi jusqu'à la chambre pour nous reposer un peu et faire des plans pour Tijuana.

« Mais où donc avez-vous passé ma vie ? » demandait Foster.

« Pas dans une réserve, toujours », disait Vida.

« Splendide ! disait Foster. Dis-moi, où as-tu déniché cette fille ? »

« Elle passait par là », dis-je.

« C'est ici que je devrais travailler, dit Foster. Un jour j'ai dû me lever du pied gauche et ça y est : je me retrouve du mauvais côté de la carte. Ah, vous êtes la plus belle chose que j'aie jamais vue. Bon Dieu, madame ! Sans mentir, foi de Foster, vous êtes encore plus belle que la photo de ma maman. »

« C'est le whisky qui fait ça, dit Vida. J'ai toujours l'air plus belle lorsqu'on me regarde à travers un liquide couleur d'ambre. »

« Mon œil, que c'est le whisky ! Vous seriez pas en train de vous arracher ma gueule, des fois ? Si c'est de l'ironie, elle est au 86e degré. Et croyez-moi, du comme

1. Le seul bon Indien, le seul bon whisky (N.d.T.).

ça, on n'en trouve pas dans le commerce. Vous savez quoi. Je suis en train de me dire que je vais peut-être rester ici, m'occuper un peu de cette bibliothèque. Et pendant ce temps, vous les gosses, vous irez là-bas épousseter ces foutus livres et faire les troglodytes. Oh, c'est chouette là-bas. C'est vraiment chouette. Une chose toutefois : ne dites à personne que vous me connaissez. Le vieux Foster, là-bas, c'est comme Jésus-Christ. Ça fait deux mille ans qu'on l'a assez vu. Et par les temps qui courent, si je survis, ce n'est qu'en louvoyant un peu et grâce à ma gueule d'amour. »

Plans pour Tijuana

Nous sommes retournés dans ma chambre. Assis tous ensemble sur le lit, nous avons bu un peu de whisky et fait des plans pour Tijuana. D'ordinaire, je ne bois pas, mais je m'étais dit que la conjoncture actuelle de nos vies méritait un petit quelque chose à boire.

« Alors comme ça, c'est un petit avortement, hein ? dit Foster. Vous êtes sûrs et certains ? »

« Oui, dis-je. Nous en avons discuté et c'est ça que nous voulons. »

Foster regarda alors Vida.

« Oui, dit-elle. Nous ne sommes pas assez mûrs pour avoir un enfant. Un enfant, pour nous, ce serait le désarroi et le désarroi, ce ne serait pas bon pour l'enfant. C'est déjà assez difficile de naître en ce monde sans avoir en plus des parents dans le désarroi. Oui, je veux me faire avorter. »

« Alors, c'est OK, dit Foster. Aucune crainte à avoir. Je connais un bon médecin, le Dr Garcia. Il ne vous fera pas de mal et il n'y aura pas de complications. Tout se passera très très bien. »

« J'ai confiance en vous », dit-elle. Elle se pencha et prit ma main.

« C'est très simple, dit Foster. Vous prendrez l'avion. Il y en a un qui décolle d'ici à 8 heures 15 demain pour San Diego. Je vous ai acheté deux aller-retour. Le médecin est prévenu ; il vous attend. Vous serez à Tijuana avant midi et tout sera terminé en un rien de temps.

Vous pouvez revenir le soir même si vous vous sentez en forme, mais, au cas où vous voudriez passer la nuit à San Diego, je vous ai réservé une chambre à l'Hôtel Vert. Je connais le patron, un type chouette. Après l'avortement, vous vous sentirez peut-être un peu patraque alors, si vous voulez rester, c'est à vous de voir. Ça dépend comment vous vous sentirez après, mais, si vous êtes un peu patraque, ne prenez pas de risques : passez la nuit à l'hôtel.

Il arrive parfois que le Dr Garcia tente une petite spéculation sur le prix de l'avortement, mais je lui ai dit que vous veniez et que vous aviez en tout et pour tout 200 dollars sur vous et qu'il était inutile d'en espérer plus. Il a dit : “ OK Foster. Ça va, ça va. ” Il ne parle pas trop bien les langues étrangères, mais vous verrez, il est très aimable, très gentil. C'est un vrai médecin, avec une plaque et pignon sur rue. Il m'a bien rendu service l'an dernier, pour cette fille, l'Indienne. Bon, vous avez des questions à poser, des problèmes à soulever ? Bon Dieu, ce que vous êtes jolie, quand même ! »

Et il serra gentiment Vida dans son étreinte d'ours.

« Non, rien. Je crois que vous avez fait le tour de la question », dis-je.

« Et Vida ? » demanda-t-il.

« Non, rien non plus. Je ne vois rien d'autre pour le moment. »

« Et la bibliothèque ? » dis-je.

« Quoi, la bibliothèque ? » demanda Foster.

« Qui va s'en occuper ? Il faut qu'il y ait quelqu'un ici.

C'est essentiel pour la bibliothèque. Il faut qu'il y ait quelqu'un sur place vingt-quatre heures sur vingt-quatre pour recevoir les livres et leur souhaiter la bienvenue. C'est le fondement même de la bibliothèque. On ne peut jamais fermer. Il faut qu'elle reste ouverte. »

« Et c'est moi que tu as dans la tête ? demanda Foster. Alors là, pas question. Moi, je suis l'homme des cavernes. Il faudra trouver quelqu'un d'autre. »

« Mais il faut, à tout prix. Il faut qu'il y ait quelqu'un ici », dis-je en le regardant droit dans les yeux.

« Non non non et non », dit Foster.

« Mais », dis-je.

Vida s'amusait follement à regarder notre pantomime. J'étais pleinement conscient du fait qu'elle ne partageait pas l'intensité de mes sentiments à l'égard de la bibliothèque. Certes, j'avais répondu à l'appel d'une vocation un peu étrange, mais je n'avais pas eu le choix. Il fallait.

« Moi, je suis un homme des cavernes, je ne sors pas de là », disait Foster.

« Mais c'est de notre travail qu'il s'agit, dis-je. C'est pour cela que nous avons été engagés. Pour nous occuper de la bibliothèque et de ceux qui ont besoin de ses services. »

« Eh bien justement. Puisque tu en parles, petit. C'est précisément un sujet dont je voulais te causer. Tu ne trouves pas que la comptabilité travaille lentement, dans cette entreprise ? Deux ans que je n'ai pas été payé ! Et pourtant, sur le papier, je suis censé toucher 295 dollars et 50 cents par mois. »

« Foster ! Voyons ! » dis-je.

« Ah, je disais ça pour rigoler, dit Foster. Je voulais juste rigoler un coup. Tiens, encore un peu de whisky ? »

« Merci. »

« Et Vida ? » dit Foster.

« Oui, dit-elle. Encore une larme, ce serait merveilleux. Ça vous détend. »

« C'est le vieux tranquillisant des Indiens », dit Foster.

« Quand même, vous pouvez bien vous occuper de cet endroit pendant un jour ou deux, le temps que nous allions au Mexique pour l'avortement, dis-je. Cela ne vous fera pas de mal un peu de travail, pour une fois. Vous allez finir par vous ankyloser, à force. »

« Mais je travaille, là-bas, dans les cavernes, dit-il. C'est une grosse responsabilité de se coltiner les livres jusque là-bas, de les ranger, de les surveiller, de faire attention qu'ils ne s'abîment pas à cause du suintement des cavernes. »

« Comment ? Le suintement des cavernes ! » dis-je, horrifié.

« Je n'ai rien dit, dit Foster. N'en parlons plus. Oublions tout cela. C'est une chose dont je ne veux pas parler maintenant. Bon, c'est d'accord. Je reste et je m'occupe de la bibliothèque. Je ne suis pas enchanté, mais tant pis. »

« Le suintement des cavernes ? » répétais-je.

« Qu'est-ce qu'il faut que je fasse ? demanda Foster. Quand les dingues viennent apporter leur livre, qu'est-ce que je leur dis, moi ? D'ailleurs, qu'est-ce qui se passe, ici ? Allez, un peu de whisky et raconte-moi tout. »

Vida s'amusait beaucoup. Il n'y avait pas à dire, elle était jolie. Nous étions calmes et heureux tous les trois, allongés sur le lit. Le whisky nous avait rendus un peu flaquedeboueux aux lisières de notre corps et aux lisières de notre esprit.

« C'est délicieux », dit Vida.

La fille n° 1 de Foster

« Mais qu'est-ce que c'est ? » dit Foster en bougeant presque sur le lit.

« C'est la cloche, dis-je. Il y a quelqu'un dehors qui apporte un nouveau livre à la bibliothèque. Je vais vous montrer comment rendre les honneurs à un livre qui fait son entrée. Comment, c'est l'expression que j'emploie pour ma part, lui " souhaiter la bienvenue ". »

« On se croirait dans une maison mortuaire, dit Foster. Mais Bon Dieu, quelle heure est-il donc ? Foster jeta un regard circulaire sur la pièce. Pourtant, je l'entends qui fait tic-tac. »

Je regardai la pendule. Foster, d'où il était sur le lit, ne pouvait pas la voir.

« Minuit passé. »

« C'est un peu tard pour apporter un livre, non ? Minuit, mais c'est douze heures du soir ! »

« Nous sommes ouverts vingt-quatre heures sur vingt-quatre, sept jours par semaine. Nous ne fermons jamais », dis-je.

« Grands dieux ! » dit Foster.

« Ah, vous voyez maintenant ce que je veux dire », dit Vida.

« Et comment ! dit Foster. Il lui faut des vacances à ce garçon. »

Il regarda alors Vida. Il en faisait l'expertise, du regard classique de l'ordinateur masculin, mais sans avoir l'air ni flagrant ni sensuel et ce que son œil repéra lui plut.

Vida le regardait un sourire aux lèvres. Et ses lèvres pourtant, ni sa bouche, ne bougeaient, phénomène dont, je crois me souvenir, nous avons déjà eu l'occasion de parler dans ce livre.

Elle n'était plus la fille qui, quelques mois plus tôt,

avait apporté son livre. Elle était devenue quelqu'un d'autre avec son corps.

« Oui, dit finalement Foster. Oui, peut-être qu'on ferait mieux d'aller voir qui nous apporte ce livre. Ce serait criminel de la faire attendre, je veux dire de le faire attendre. Enfin, bref, il ne faut pas les faire attendre parce qu'il fait froid, dehors. »

C'était bien la première fois de sa vie que Foster était sensible au froid, mais c'est qu'il était un peu soûl et son imagination avait pris le grand galop.

« Comment on fait, là-dehors ? demanda Foster. J'ai comme une envie d'y aller et de m'occuper de tout. Vous, les gosses, vous n'avez qu'à rester ici, bien au chaud, et vous mettre les pieds en éventail. Ne vous gênez pas pour le vieux Foster. Je vais m'occuper de ce livre moi-même. De toute façon, il faudra bien que je me mette au courant, si je dois m'occuper de cette maison de fous pendant que vous serez à Tijuana. »

Le sourire de Vida s'était épanoui jusqu'au point de laisser entrevoir la frontière immaculée de ses dents. Dans ses yeux, il y avait un petit feu follet amical qui se baladait.

Et moi aussi, je souriais.

« Alors, qu'est-ce qu'il faut faire ? On écrit le titre du livre et le nom de l'auteur dans le gros registre noir et on ajoute un petit quelque chose en commentaire, c'est ça ? »

« Exactement, dis-je. Et puis aussi, il faut être gentil et amical. C'est très important. Il faut donner à l'auteur et au livre l'impression qu'ils sont attendus, désirés, parce que c'est ça, la mission de la bibliothèque. Et puis aussi, de rassembler les livres nés à contrecœur et malgré soi, tous les volumes lyriques et hantés de l'écriture américaine. »

« Alors là, tu rigoles ! dit Foster. Non, mais, dis-moi que tu dis ça pour rigoler ! »

« Holà, Foster ! Attention ! dis-je. Parce que sinon, je reparle du suintement des cavernes. Tu sais, “ le suintement des cavernes ”... »

« D'accord. J'entrave, Gustave, dit Foster. Je vais tâcher de faire de mon mieux. Et d'ailleurs, qui sait ? Peut-être que je n'aurai pas à me forcer. Dans le fond, je ne suis pas si méchant. Maintenant que j'y songe, tiens, je trouve même que j'ai plein d'amis. Ils ne voudraient peut-être pas l'admettre mais, en fait, je suis une grande place au milieu de leur cœur. »

La cloche tintait encore, mais plus faiblement maintenant. Il fallait intervenir d'urgence. Foster était descendu du lit. Il passa la main dans sa blonde et lourde tignasse de bison, comme s'il voulait la peigner et se faire beau, avant de sortir pour aller dans la bibliothèque.

Blanc comme neige

Tandis que Foster allait dans la bibliothèque souhaiter la bienvenue à son premier livre, Vida et moi restâmes allongés sur le lit en nous passant, chacun son tour, la bouteille de whisky qu'il avait laissée derrière lui. Au bout d'un moment, nous étions dans un tel état de décontraction qu'une agence aurait pu nous faire passer pour un champ de pâquerettes et nous mettre en location.

Soudain (nous avions perdu toute trace du temps) Foster revint en claquant la porte. Il était très en colère, d'une colère qui n'appartenait qu'à lui, faite d'obésité et de sueur de T-shirt.

« Je crois que la meilleure chose à faire pendant que vous serez dans le Midi, c'est de fermer cette baraque de dingues, dit-il en reprenant possession de son whisky dans sa pogne droite. A la réflexion, je me demande même s'il ne vaudrait pas mieux fermer pour de bon. Fini, terminé. La clef sous le paillasson et tout le monde cingle vers le grand large. Je veux dire, ceux qui ne sont pas déjà cinglés. »

Foster avala une grosse goulée de whisky. Gloup, comme un dindon. Il fit la grimace, secoua pour faire descendre, puis trembla de tout son corps lorsque le whisky atteignit son estomac.

« Ouf, ça va mieux », dit-il en s'essuyant la bouche du revers de sa manche.

« Qu'est-ce qui arrive ? demanda Vida. On dirait que la vaccination anti-bibliothèque n'a pas pris. »

« Tu l'as dit, Julie. Allez, encore du whisky ! » Il s'adressait à la bouteille comme si c'était une main d'évêque et que le baume allait le guérir de ses maux.

« Vous ne leur avez pas fait peur ? dis-je. Ce serait contraire au but de la bibliothèque. Ici, nous offrons, mais n'exigeons rien. »

« Moi, leur faire peur ? Tu veux rigoler, petit ! C'était plutôt l'inverse, Bon Dieu ! Merde, pourtant, d'habitude, je m'entends bien avec les gens. »

« Qu'est-ce qui s'est passé ? » demanda à nouveau Vida.

« Eh bien, je suis sorti et il y avait quelqu'un qui attendait mais ce n'était pas exactement un quelqu'un comme moi j'attendais... »

« Qui était-ce ? » demanda Vida.

« Une femme ? » dis-je. Mon âge est sans pitié.

« Aucune importance, dit Foster. Et puis merde, laissez-moi continuer. Eh bien oui, dehors, il y avait une femme. Mais je n'utilise le mot qu'avec les plus sérieuses réserves. Elle sonnait la cloche et elle avait un livre sous le bras, alors, j'ai ouvert. Fatale erreur ! »

« A quoi ressemblait-elle ? » dis-je.

« Aucune importance ! »

« Allez ! dit Vida. Dites-nous. »

Sans prêter attention à nos interruptions, Foster suivait le fil de son récit. « Juste comme j'ouvrais la porte, elle a ouvert sa gueule : Qui êtes-vous ? Elle exigeait de savoir qui j'étais. Et cela d'une voix, on aurait dit une carcasse de bagnole. »

« Je suis Foster », ai-je dit.

« Je connais les Foster. Vous ne leur ressemblez pas du tout, a-t-elle dit. Je ne sais pas ce que vous êtes, mais sûrement pas un Foster ! »

« C'est mon nom, ai-je dit. Depuis que je me connais, j'ai toujours été Foster. »

« Chansons ! Mais d'ailleurs, on a assez parlé de vous. Où est ma mère ? » Elle demandait cela d'un ton impérieux.

« Comment ça, votre mère ! Vous êtes trop vieille pour avoir une mère ! ai-je dit. J'en avais assez de ces humeurs, cette vieille peau ! »

« Et votre livre, ai-je demandé. Qu'est-ce que vous voulez qu'on en foute ? »

« Cela ne vous regarde pas, espèce d'imposteur de Foster ! Où est-elle ? Dites-moi où elle est ! »

« Bon, eh bien maintenant, bonsoir ! » ai-je dit.

« Bonsoir ? Mais je ne m'en vais pas ! Je ne bougerai pas d'ici tant que vous ne m'aurez pas donné des nouvelles de ma mère. »

« Je ne sais pas où est votre mère et franchement, pour reprendre le mot célèbre de Clark Gable dans *Autant en emporte le vent,* “ je m'en contrefous ”. »

« Quoi ! Traiter ma mère de Clark Gable ! » Là, elle a essayé de me taper dessus. Ça commençait à bien faire, alors je lui ai attrapé la main au vol, je l'ai tordue. Elle a pivoté sur elle-même et je l'ai envoyée valser. Vous l'auriez vue voltiger par la porte, on aurait dit une poubelle.

Et elle criait : « Libérez ma mère ! Maman ! Maman ! »

J'ai commencé à fermer la porte. Pour alors, tout cela était devenu un peu flou, comme dans un rêve. Je ne savais pas si je devais me réveiller ou bien lui taper dessus, la vieille taupe.

A travers la vitre, elle m'a fait un geste de défi. Du coup, je suis sorti et je l'ai escortée jusqu'au bas des marches. On s'est un peu bagarré en route, mais je lui ai serré le bras dans ma poigne et, du coup, elle n'a plus moufté. En vrai gentilhomme, je lui ai même proposé de lui tordre son cou de vieux poulet si elle ne se carapatait pas dans la rue aussi vite que ses jambes cagneuses le lui permettaient.

La dernière image que j'ai eue d'elle, elle s'en allait en piaillant : “ Non, c'est vraiment unique d'en être arrivé là et de faire les choses que je fais, ressentir les choses que je ressens, dire les choses que je dis. C'est fou ! ” et tout en piaillant, elle déchirait les pages de son livre et elle les lançait par-dessus sa tête, comme une mariée le jour de la noce. »

« Comme une mariée le jour de la noce ? » demanda Vida.

« Oui, vous savez, les fleurs... » dit Foster.

« Ah ! Je n'avais pas compris », dit Vida.

« Moi non plus, je ne comprends pas, dit Foster. Je suis allé ramasser quelques pages pour voir quel genre de livre c'était, mais les pages étaient vierges. Rien d'écrit dessus. Blanc comme neige. C'était blanc comme neige. »

« Ce sont des choses qui arrivent parfois, dis-je. De temps en temps, nous avons affaire à des auteurs un peu détraqués, mais la plupart du temps, c'est très calme. Il suffit d'avoir de la patience, d'inscrire le nom de l'auteur et le titre du livre suivi d'une brève description dans le Grand registre des auteurs & matières de la bibliothèque, puis de les laisser placer le livre là où le cœur leur en dit. »

« Ce coup-ci, ça aurait été facile, dit Foster.
J'allais dire quelque chose...
Pour la description, dit Foster.
J'allais dire quelque chose...
Blanc comme neige », dit Foster.

Le camion

« Je vais dormir dans mon camion », dit Foster.

« Non. Il y a assez de place pour vous ici », dis-je.

« Oh, s'il vous plaît, restez », dit Vida.

« Non, non, dit Foster. Je suis mieux dans mon camion. Je dors toujours dedans. J'ai un petit matelas et un sac de couchage et je me niche là-dedans, bien au chaud.

Non, c'est décidé. Le vieux Foster fait dodo dans son camion. Et vous les gosses, dormez bien sur vos quatre oreilles parce que, demain matin, il faut se lever tôt pour ne pas rater l'avion. Je vous conduirai à l'aéroport. »

« Impossible, dis-je. Nous prendrons l'autobus. Vous, il faut que vous restiez ici pour garder la bibliothèque. Vous vous souvenez ? La bibliothèque doit rester ouverte pendant toute notre absence. Vous ne pourrez pas partir avant notre retour. »

« C'est-à-dire que... Je ne sais pas, dit Foster. Après ma petite expérience de tout à l'heure, je ne sais plus. Et si tu t'adressais à une de ces agences, les emplois par intérim, tu ne crois pas qu'ils pourraient t'envoyer quelqu'un ? Une sténodactylo ou quelque chose. Je paierai de ma poche. Comme ça, ils s'occuperont de la bibliothèque et je pourrai aller faire un tour à North Beach et profiter un peu pour voir un ou deux strip-teases. »

« Non non, Foster. Pas question, dis-je. On ne peut

pas confier cette bibliothèque à n'importe qui. Il faut que vous restiez ici pendant notre absence. Ce ne sera pas long. »

« Allez, faites ses caprices, il y tient tant », dit Vida.

« Bon, d'accord. Mais le prochain dingue qui s'amène avec son livre, je me demande quel délire il aura. »

« Ne vous inquiétez pas, dis-je. Vous êtes tombé sur un cas spécial, mais c'est l'exception. Tout va se passer très bien pendant notre absence. »

« Qu'est-ce qu'on parie ? » dit Foster.

Foster s'apprêtait à sortir. « Tiens, encore un coup de whisky, dit-il. Parce que j'emporte la bouteille. »

« A quelle heure est l'avion ? » demanda Vida.

« Huit heures quinze, dit Foster. Et comme notre petit ami ne sait pas conduire, il faudra j'imagine que vous preniez l'autobus parce que le Kid des Bouquins, ici présent, veut que je reste cultiver son jardin de cinoques. »

« Je peux conduire », dit Vida, de son bel air de jeunesse.

« Même un camion ? » dit Foster.

« Oui, je pense, dit-elle. Un été, quand je travaillais dans un ranch, dans le Montana, j'ai conduit des tracteurs. Du moment qu'il y a quatre roues, je sais conduire. Les voitures de sport. N'importe quoi. Une fois, j'ai même conduit un bus de ramassage scolaire pour emmener des gosses à un pique-nique. »

« Un poids lourd, c'est pas pareil. »

« J'ai conduit une carriole à cheval », dit Vida.

« Aucun rapport. Je n'ai jamais eu de cheval dans mon camion », dit Foster offusqué.

« Foster, dit Vida. Il ne faut pas vous mettre en colère. Je voulais simplement dire que je savais conduire. Que je sais conduire n'importe quoi. Je n'ai jamais eu d'accident. Je conduis bien. Je ne voulais pas dire autre chose. Il est très joli, votre camion. »

« Ouais, c'est un bon petit bahut, dit Foster apaisé. D'ailleurs, après tout, où serait le mal ? Vous y seriez plus vite qu'en bus. Et plus vite vous serez arrivés, plus vite vous serez revenus. Et ce serait plus confortable. Moins de cahots. Parce que les autobus, c'est horrible. En plus, vous pourriez garer près de l'aéroport. De toute façon, je n'aurai pas besoin de camion tant que je serai dans cette baraque de braques. Allez, d'accord. Vous pouvez le prendre. Mais quand même soyez prudente, parce qu'un vieux bahut comme celui-là, il n'y en a qu'un au monde et il est à moi et je l'aime bien. »

« Ne vous inquiétez pas, dit Vida. Moi aussi, je l'aime bien. »

« Marché conclu, dit Foster. Là-dessus, je pense qu'il vaut mieux aller se coucher. Encore un coup de whisky ? »

« Non merci. Je crois qu'on a assez bu », dis-je.

« OK. »

« Vous voulez qu'on vous réveille demain matin ? » dit Vida.

« Non non. Je serai debout, dit Foster. Je me réveille à l'heure où je veux, à la minute près. J'ai une horloge dans la tête. Tous les matins, elle me réveille. Ah oui, j'ai failli oublier de vous dire : demain matin, il faut rester à jeun. Ne rien ingurgiter. Strictement interdit.

Johnny Cash

Lorsque Foster est sorti pour passer la nuit dans son camion, nous avons commencé nos préparatifs pour le lendemain. Le matin au réveil, nous n'allions pas avoir beaucoup le temps.

Vida avait assez de vêtements sur place à la bibliothèque. Elle n'allait donc pas avoir besoin de passer chez elle. Elle n'habitait qu'à deux pas de la bibliothèque, mais je n'y étais, bien entendu jamais allé. Un jour, dans le passé, curieux de savoir comment c'était, chez elle, je le lui avais demandé et elle m'avait raconté :

« *C'est très simple, m'avait-elle dit. Je n'ai pas grand-chose. Je possède en tout et pour tout quelques livres sur une étagère, une couverture blanche, une petite table en marbre et quelques disques pour ma stéréo : les Beatles, Bach, les Rolling Stones, les Byrds, Vivaldi, Wanda Landowska, Johnny Cash. Ce n'est pas que je sois une beatnik. Simplement, avec le corps que j'ai, je trouve que j'ai déjà plus de possessions qu'il m'en faut et il faut que tout le reste soit très simple.* »

Dans un vieux sac de voyage KLM, elle fourra pour nous deux quelques vêtements et notre brosse à dents à chacun et, pour moi, mon rasoir au cas où il faudrait passer la nuit à San Diego.

« C'est mon premier avortement, dit Vida. J'espère qu'on ne sera pas obligé de passer la nuit à San Diego. J'y suis allée une fois et je n'ai pas aimé. C'est plein de marins frustrés en maraude et tout est nu comme de la pierraille, avec du néon partout. Ce n'est pas une bonne ville. »

« Ne t'inquiète pas, ai-je dit. On verra comment les choses se passent et on avisera au fur et à mesure. Si tout se passe bien, on sera de retour demain soir. »

« Voilà qui a l'air parfait », dit Vida en terminant nos simples bagages.

« Alors maintenant, on s'embrasse et on va dormir. Il nous faut du sommeil, dis-je, parce que nous sommes tous les deux très fatigués et demain il faut se lever de très bonne heure. »

« Il faut que je prenne un bain, dit Vida, et que je me mette un soupçon de parfum derrière chaque oreille. »

J'ai pris Vida dans mes bras et j'ai ramassé tout contre moi la gerbe de ses feuilles et de ses fleurs et elle m'a rendu la pareille, délicatement, comme un bouquet.

Ensuite, nous nous sommes déshabillés et nous nous sommes couchés. J'ai éteint la lumière et elle a dit : « Tu as pensé à mettre le réveil, mon amour ? »

« Oh, j'ai oublié ! ai-je dit. Je me relève. »

« Je suis désolée », a-t-elle dit.

« Non, ai-je dit. C'est de ma faute. J'aurais dû penser à mettre le réveil. A quelle heure veux-tu qu'on se réveille ? Six heures ? »

« Non, je pense qu'il vaut mieux dire 5 heures et demie. Je voudrais me préparer avant que Foster se lève, pour pouvoir ensuite faire le petit déjeuner pour tout le monde. La journée sera longue et il faut partir d'un bon pas. »

« Défendu. Pas de petit déjeuner pour Miss Vida. Tu te souviens ce qu'a dit Foster ? »

« Oh oui, c'est vrai. J'avais oublié », dit Vida.

Pendant une minute environ, les choses n'ont pas été si faciles. Puis, de part et d'autre de l'obscurité, nous avons chacun souri de ce que nous faisions.

Et nos sourires avaient beau rester invisibles dans le noir, nous savions qu'ils étaient là et cela nous réconfortait ainsi que, depuis des millénaires, les sourires au fond de la nuit noire réconfortent les gens qui ont des problèmes sur cette terre.

Je me suis levé et j'ai rallumé. Vida souriait encore doucement tandis qu'elle me regardait mettre le réveil à 5 heures 30. C'était sans recours, maintenant. Il était trop tard pour les remords, trop tard pour hurler contre le destin. Nous étions d'ores et déjà aux mains chirurgicales du Mexique.

Le coup de génie

Elle n'avait pas du tout l'air enceinte, Vida, lorsqu'elle est entrée dans son bain. Son ventre était si incroyablement plat que c'était vraiment un coup de génie de sa part et je me demandais comment il pouvait bien y avoir là-dedans assez d'intestins pour digérer autre chose que des pailles-d'or ou des framboises.

Ses seins étaient puissants, mais délicats et humides aux pointes.

Elle avait mis le café sur le feu avant d'aller dans sa baignoire et j'étais planté là, en train de la regarder se ravigoter et, en même temps, je regardais par la porte de la salle de bains qui était restée ouverte.

Elle avait relevé ses cheveux et les avait épinglés au-dessus de sa tête. Et ses cheveux étaient beaux, reposant ainsi sur le calme de sa nuque.

Nous étions tous les deux fatigués, mais pas aussi nerveux pourtant que nous aurions pu l'être, étant donné ce qui nous attendait le lendemain. Ceci parce que nous étions entrés dans une forme bénigne de catalepsie qui facilite l'exécution d'un geste, puis d'un autre et l'on passe ainsi, facilement, fragilement, d'un petit pas à un autre jusqu'au moment où la grosse et difficile chose qui est aux aguets au bout du chemin se trouve, soudain, derrière soi.

Je crois que, spontanément, nous avons la faculté de transformer notre vie en rituel instantané et que nous avons recours à ce rituel lent et calme chaque fois qu'une passe difficile se présente.

Nous nous métamorphosons en théâtre.

Je regardais tour à tour le café se ravigoter et Vida prendre son bain. La journée allait être longue, mais, heureusement, ce n'est qu'un instant après l'autre que nous arriverions au bout.

« Le café est fini ? » a demandé Vida.

J'ai humé les effluves de café qui montaient comme le beau temps. Ils étaient obscurs et lourds de café. C'est Vida qui m'a appris à humer le café. C'est ainsi qu'elle le fait.

Moi, j'avais toujours été un adepte du café instantané, une cuillerée dans l'eau bouillante. C'est elle qui m'a appris comment faire du vrai café et c'était une bonne chose à apprendre. Où étais-je donc, toutes ces années, quand pour moi le café n'était que poussière ?

J'ai médité un peu sur le café et sur la manière de le faire tandis que je le regardais se ravigoter. C'est étrange comme les choses simples de la vie continuent simplement tandis que nous, nous compliquons.

« Eh, tu m'entends ? a dit Vida. Sors de ton rêve et garde un œil sur le café. »

« J'avais l'esprit ailleurs », ai-je dit.

La cloche de Foster

Vida mit un chemisier blanc tout simple, mais très élégant, avec une jupe bleue très courte (et l'on voyait facilement plus haut que ses genoux) et avec par-dessus le chemisier un petit machin à moitié pull. De toute façon, c'est toujours pareil : quand je décris des vêtements, personne ne comprend jamais rien.

Pas de maquillage, sauf les yeux. Elle avait les yeux sombres et bleus, ainsi que nous aimons que soient les yeux en ces dernières années de la septième décade du vingtième siècle.

J'ai entendu sonner la cloche argentée à la porte de la bibliothèque. La cloche sonnait rapidement, comme sous le coup d'un traumatisme. On aurait dit que la cloche avait presque peur et qu'elle appelait à l'aide.

C'était Foster.

Foster n'avait jamais beaucoup aimé cette cloche. Il disait toujours qu'elle faisait trop de chichis et il proposait chaque fois d'en installer une autre lui-même. J'ai ouvert la porte, mais il restait planté là avec la corde dans la main, bien qu'il eût arrêté de sonner.

Il faisait encore nuit et Foster portait son éternel T-shirt et sa blonde tignasse lourde de bison lui descendait jusqu'aux épaules.

« Tu devrais suivre mon conseil, dit-il. Te débarrasser de cette foutue cloche et me laisser t'installer une autre cloche, une vraie. »

« Nous ne voulons pas d'une cloche qui effraie les gens », dis-je.

« Comment ça, qui effraie les gens ? Comment diable est-ce qu'une cloche pourrait effrayer les gens ? »

« Il nous faut une cloche qui corresponde au type de services que nous rendons, une cloche qui soit au diapason de la bibliothèque. Ici, ce qu'il nous faut, c'est une cloche qui tintinnabule doucement. »

« Et pas une grosse brute de cloche pedzouille, c'est ça ? »

« Je ne dirais pas les choses si brutalement », dis-je.

« Merde, dit Foster. Cette cloche-ci, quand elle " tintinnabule ", on croirait un foutu pédé en train d'arpenter Market Street. Alors, c'est quoi, au juste, ton établissement ? »

« Ne vous inquiétez pas pour ça », ai-je dit.

« Tu sais, petit, ce que j'en dis, c'est dans ton intérêt. C'est tout. »

Il s'approcha et donna une petite chiquenaude dans le cul de la cloche.

« Foster, voyons ! »

« Tu sais quoi, petit ? Tu sais ce qui ferait une chouette cloche ? Une boîte de conserve vide avec une cuillère dedans. »

« Et pourquoi pas une fourchette et un couteau aussi ? Et un bol de soupe d'asperges, pendant qu'on y est ? Avec un peu de hachis parmentier, de la sauce, et peut-être même, une cuisse de dinde ? Hein, Foster ? Qu'est-ce que vous en dites ? Ce ne serait pas chouette, comme cloche, ça ? »

« Bon, ça va, ça va, n'en parlons plus », dit Foster. Il tendit la main et à nouveau il donna une petite chiquenaude dans le cul de la cloche en lui disant : « Au revoir, mon chou. »

Le briefing sur Tijuana

Vida nous prépara, à Foster et à moi, un excellent petit déjeuner. Elle ne prit rien, sauf un peu de café.

« Ce que vous êtes belle, ce matin, dit Foster. Vous ressemblez à un rêve que je n'ai encore jamais fait. »

« Je parie que vous dites cela à toutes les filles, dit Vida. Je vous vois venir. Vous êtes un dragueur, vous. Pas vrai ? »

« Bof, j'ai eu une petite amie ou deux, dans le temps. »

« Encore un peu de café ? »

« C'est pas de refus. Ça oui, c'est du bon café. Il y a quelqu'un ici qui sait retrouver son chemin parmi les grains de café. »

« Et toi ? » demanda Vida.

« Et comment ! »

« Voilà. »

« Merci. »

Vida se rassit sur le bord du lit.

« Bon. Vous savez exactement ce que vous avez à faire, dit Foster après le petit déjeuner. Ne vous faites aucun mauvais sang. Le Dr Garcia est un merveilleux médecin. Ni douleurs ni ennuis. Tout se passera très bien. Vous avez compris comment on y va. C'est à deux pas de la grand-rue.

Il n'est pas exclu que le toubib essaie de vous extorquer une petite rallonge. En ce cas-là, vous ne vous laissez pas faire. Vous lui dites simplement : " C'est que, docteur, Foster nous a dit que ce serait 200 dollars et c'est tout ce que nous avons sur nous. Les voilà. " Et, à cet instant, vous les sortez de votre poche.

Au début, il aura l'air un peu nerveux, mais, finalement, il les prendra. Il les fourrera dans sa poche sans les compter et, après cela, il n'y aura pas meilleur médecin que lui dans tout le vaste monde. Vous lui faites confiance. Vous faites tout ce qu'il vous dira et ne vous inquiétez pas, tout se passera très bien.

C'est un merveilleux médecin. Il épargne beaucoup d'ennuis à beaucoup de gens. »

Le briefing sur la bibliothèque

« ... » ai-je dit.

« C'est promis, c'est juré, je ne toucherai pas à ta mignonne petite cloche avec sa culotte argentée et je ne mettrai pas à la place une vieille boîte de conserve avec une cuillère dedans. Encore que ce serait ça la meilleure cloche pour cet asile de mabouls. Tu en a déjà entendu, une cloche comme je te dis ? »

« ... » ai-je dit.

« C'est rudement dommage. Parce que ces cloches-là, c'est vachement joli comme tonalité. C'est beau pour l'esprit et puis ça calme les nerfs. »

« ... » ai-je dit.

Alors là, c'est vraiment dommage », a dit Foster.

« ... » ai-je dit.

« Forcément, si tu vois les choses comme ça », a dit Foster.

« ... » ai-je dit.

« Ne t'inquiète pas. Je ne toucherai pas à une brique sur la tête de ta bibliothèque. Je traiterai ta bibliothèque comme si j'étais un gosse et que je rapportais un gâteau d'anniversaire à la maison, dans une petite boîte jaune que je tiens dans mes bras parce que par la ficelle ce serait trop risqué.

Faut que je fasse attention au chien là-bas devant. Parce qu'il pourrait me mordre et je laisserais tomber le gâteau. Ça y est ! J'ai passé le chien. C'est un bon toutou, ça, madame.

Oh oh ! Attention. Voilà une petite dame qui vient dans ma direction. Faut être très très prudent. Aussi bien, elle aurait une crise cardiaque et elle s'écroulerait à mes pieds et je lui trébucherais sur le corps. Faut pas que je la quitte des yeux. Ouf, ça y est, elle est passée ! Tout ira très bien. Ta bibliothèque n'a rien à craindre. Elle est en de bonnes mains », dit Foster.

« ... » dit Vida en riant.

« Merci, ma toute belle », dit Foster.

« ... » ai-je dit.

« J'adore cet endroit », dit Foster.

« ... » ai-je dit.

« Je traiterai tes clients comme des coquilles d'œufs. Avec vénération. Je n'en casserai pas un seul », a dit Foster.

« ... » a dit Vida en riant.

« Alors là, vous êtes trop gentille », a dit Foster.

« ... » ai-je dit.

« Cesse de te faire du mouron, petit. Je sais ce que j'ai à faire et je le ferai de mon mieux. C'est tout ce que je peux dire », a dit Foster.

« ... » ai-je dit.

« Je crois que jusqu'à cette minute je n'avais jamais apprécié comme il fallait le calme et la paix de mon petit chez moi dans les cavernes. Petit, tu m'as fait découvrir un monde tout neuf pour moi. Si je m'écoutais, je serais déjà à genoux, à quatre pattes, devant toi en train de te remercier de tout ce que tu as fait pour moi. »

« ... » ai-je dit.

« Ah ! la Californie ! » a dit Foster.

Le cœur de Foster

Foster tint à porter notre sac jusqu'au camion. Il faisait presque jour dans le mi-chemin de l'aube. Foster était très occupé à transpirer à grosses gouttes dans son T-shirt bien que, pour notre part, nous trouvâmes le matin plutôt frisquet.

Depuis des années que je connaissais Foster, jamais, je ne l'avais vu ne pas transpirer. C'était sans doute dû à la taille de son cœur. J'ai toujours été persuadé qu'il avait le cœur gros comme une citrouille et, parfois, je m'endormais en songeant à la taille du cœur de Foster.

Une fois, le cœur de Foster m'est apparu dans un rêve. Il était sur le dos d'un cheval qui entrait dans une banque qui elle-même était en train de se faire expulser d'un nuage. D'où j'étais dans mon rêve, je ne voyais pas ce qui avait expulsé la banque hors du nuage, mais c'était étrange de se demander ce qui pouvait bien expulser d'un nuage une banque avec dedans le cœur de Foster tombant à la dérive à travers le ciel.

« Qu'est-ce que vous avez dans ce sac ? dit Foster. Il est tellement léger que je suis sûr qu'il n'y a rien dedans. »

Il suivait Vida qui, elle-même, ouvrait la marche avec une délicieuse gaucherie et un tel air de perfection et de beauté qu'elle n'était plus avec nous mais était seule dans une contemplation, pour nous inconnue, de l'esprit ou alors un escabeau animal grimpant jusqu'au ciel.

« C'est notre secret », dit Vida sans se retourner.

« Qu'est-ce que vous diriez, un de ces jours, de venir voir mon piège à lapins ? » dit Foster.

« Attrape-nigaud », dit Vida.

« Ah, vous la connaissiez déjà, dit Foster. Faut dire qu'elle n'est pas neuve. »

« Je les connais toutes », dit Vida.

« Ça ne m'étonne pas », dit Foster et il tomba abruptement à la dérive à travers le ciel.

Où Vida fait la rencontre du camion

Il restait encore sur le trottoir des morceaux de papier blanc, vestiges de la femme d'hier soir. Ils avaient l'air terriblement esseulés. Foster posa notre petit sac dans le camion.

« Voilà. Votre sac est dans le camion. Dites-moi, vous êtes sûre que vous saurez conduire cet engin ? dit Foster. C'est un camion. »

« Oui oui. Je sais conduire les camions. Je sais conduire tout ce qui a des roues. J'ai même piloté un avion », dit Vida.

« Un avion ? » dit Foster.

« Un été, dans le Montana, il y a quelques années. C'était marrant. »

« C'est drôle, vous n'avez pas le type à piloter un avion, dit Foster. Mais Bon Dieu ! Il y a quelques années vous étiez encore au berceau. Vous êtes sûre que ce n'était pas un ours en peluche, votre avion ? »

« Ne vous faites pas de souci pour votre camion », dit Vida en ramenant la conversation à terre.

« Il faut le conduire avec précaution, dit Foster. Ce camion-là, il a sa personnalité. »

« Il est en bonnes mains, dit Vida. Mais grands dieux, vous êtes presque aussi pénible avec votre camion que lui avec sa bibliothèque. »

« Merde alors ! dit Foster. D'accord ! Bon, je vous ai tout dit ce que vous aviez à faire, alors maintenant, le mieux c'est que vous y alliez et que vous le fassiez. Moi je reste ici et je m'occupe de l'asile pendant votre absence. Si j'en juge d'après la dame dont j'ai fait la connaissance hier soir, je n'aurai pas le temps de m'ennuyer. »

Il y avait des morceaux de papier blanc par terre.

Foster nous serra tous les deux à la fois dans ses bras. Une étreinte si amicale, si consolante qu'on aurait dit qu'il voulait nous dire avec ses bras que tout allait se passer très bien et que nous serions de retour le soir même.

« Eh bien, les gosses, au revoir et bonne chance. »

« Merci beaucoup », dit Vida en se retournant et en donnant à Foster un baiser sur la joue. C'était comme l'image héroïque du père et de la fille, enlacés, joue contre joue dans le style classique qui nous a, cahin-caha, amenés jusqu'à l'époque actuelle.

« Hop, montez », dit Foster.

Nous montâmes dans le camion. Soudain j'eus une sensation d'horrible étrangeté de me retrouver ainsi dans un véhicule alors que je n'y étais pas monté depuis si longtemps. Il y avait quelque chose de métallique comme un œuf dans ce camion et c'était très surprenant. A plus d'un titre, il me fallait partir de zéro et redécouvrir le xxe siècle.

Foster était debout sur le trottoir. Il observait Vida aux commandes du camion.

« Paré ? » dit-elle en se tournant vers moi, un petit sourire sur le visage.

« Oui. Ça fait longtemps que je n'ai pas revu tout ça, dis-je. J'ai l'impression d'être dans une machine à remonter et descendre le temps. »

« Je sais, dit-elle. Mais ne t'inquiète pas. Je sais ce que je fais. »

« D'accord, dis-je. Allons-y. »

Vida fit démarrer le camion comme si elle était née devant un tableau de bord, un volant et des pédales.

« Tout a l'air d'aller », dit-elle.

Foster était content de la démonstration et il hochait

la tête vers elle, d'égal à égale. Puis, il a donné le signal du départ et Vida l'a pris et nous sommes partis pour aller rendre visite au Dr Garcia qui nous attendait, ce jour-là précisément, à Tijuana, au Mexique.

QUART LIVRE

Tijuana

Au fil de l'autoroute

J'avais oublié comme les rues de San Francisco allaient jusqu'à l'autoroute. A vrai dire, j'avais oublié que San Francisco allait.

C'était vraiment une surprise d'être dehors à nouveau, de voyager à nouveau. Cela faisait presque trois ans. Mon Dieu ! J'avais vingt-huit ans lorsque je suis entré dans la bibliothèque et maintenant, j'en avais trente et un.

« C'est quelle rue, ici ? », dis-je.

« Divisadero », dit Vida.

« Eh oui, dis-je. C'est bien Divisadero. »

Vida me jeta un coup d'œil empreint d'une grande sympathie. Nous étions arrêtés à un feu rouge, à côté d'un endroit où l'on vendait des spaghetti et des poulets rôtis à emporter à tire-d'aile. J'avais oublié que ce genre d'endroit existait.

Vida lâcha d'une main le volant et me donna une petite tape sur le genou. « Mon pauvre vieil ermite », dit-elle.

Nous descendîmes Divisadero et vîmes un homme en train de laver les vitres d'une maison funéraire avec un grand tuyau d'arrosage. Il aspergeait les vitres du second étage. Ce n'était pas un spectacle normal, si tôt le matin.

Quittant Divisadero, Vida tourna au coin de la rue. « Ici, c'est Oak Street, dit-elle. Tu te souviens d'Oak

Street ? Elle nous amène jusqu'à l'autoroute et ensuite c'est le chemin de l'aéroport. Tu te souviens de l'aéroport n'est-ce pas ? »

« Oui, dis-je. Mais je ne suis jamais monté en avion. Autrefois, je sortais avec des copains qui montaient en avion, mais c'était il y a des années. Est-ce que les avions ont beaucoup changé ? »

« Oh, mon amour, dit-elle alors. Lorque tout cela sera fini, il faudra qu'on te sorte de cette bibliothèque. Je crois que tu y as été assez longtemps. Il faudra qu'ils trouvent quelqu'un d'autre. »

« Je ne sais pas. On verra », dis-je pour essayer de changer la conversation. J'ai vu alors une femme noire en train de pousser le long de la rue un chariot de supermarché vide. La circulation autour de nous était assez dense. Cela m'effrayait et m'enivrait à la fois. Nous roulions vers l'autoroute.

« A propos, dit Vida, pour qui est-ce que tu travailles ? »

« Comment ça, pour qui ? » dis-je.

« Eh bien, qui est-ce qui finance la bibliothèque ? dit-elle. Qui donne l'argent pour faire tourner tout ça ? Qui paie la note ? »

« On ne sait pas », dis-je, en faisant comme si c'était une réponse à sa question.

« Comment ça, on ne sait pas ? » dit Vida. Ma feinte n'avait pas marché.

« Ils envoient un chèque de temps en temps à Foster. Il ne sait jamais à l'avance quand le chèque viendra ni son montant. Parfois, ils n'envoient pas assez. »

« Qui ça, ils ? » dit-elle sans en démordre.

Nous nous arrêtâmes à un feu rouge. J'essayai de trouver quelque chose à regarder. Je n'aimais pas parler de la structure financière de la bibliothèque. Je n'aimais pas penser à la fois en termes de bibliothèque et en termes d'argent. Tout ce que je vis, c'est un homme, un

Noir, qui poussait encore un chariot et distribuait le journal de porte en porte.

« C'est une fondation, dis-je. On ne sait pas qui est derrière. »

« Comment s'appelle-t-elle, cette fondation ? » dit Vida.

Apparemment, je n'en avais pas encore dit assez.

« The American Forever Etcoetera. »

« The American Forever Etcoetera, dit Vida. Oh ! la la ! Voilà qui m'a tout l'air d'un biais pour truander le fisc. J'ai l'impression que ta bibliothèque, c'est juste un prétexte pour ne pas payer d'impôts. »

Vida souriait maintenant.

« Je n'en sais rien, dis-je. Tout ce que je sais, c'est que je suis tenu d'être là. C'est mon travail. Il faut que je sois là. »

« Alors, je crois, mon amour, qu'il faut que tu trouves un autre emploi. Il y a sûrement autre chose que tu saches faire. »

« Il y a des tas de choses que je sais faire », dis-je, un peu sur la défensive.

D'un coup d'accélérateur nous étions entrés sur l'autoroute et mon estomac s'envola en une gerbe d'oiseaux et sous leurs ailes se lovaient des serpents et c'est ainsi que nous nous inscrivîmes dans la voie royale de la pensée automobile américaine.

C'était effrayant, après tant d'années. J'avais l'impression d'être un dinosaure arraché à sa tombe et propulsé en compétition avec l'autoroute et ses bruits métalliques.

« Si tu ne veux pas travailler, mon amour, dit Vida, je crois que je peux nous faire vivre tous les deux jusqu'au jour où tu en auras envie. Mais il faut que tu sortes de cette bibliothèque le plus vite possible. Ce n'est plus un endroit pour toi. »

J'ai regardé par la vitre et j'ai vu une enseigne où un poulet tenait un œuf géant.

« J'ai d'autres soucis en tête pour l'instant, dis-je en cherchant à m'esquiver. Attendons quelques jours pour parler de tout ça. »

« Ce n'est pas l'avortement qui t'inquiète, si ? Il ne faut pas te faire de soucis. J'ai toute confiance dans Foster et dans son docteur. D'ailleurs, ma sœur a eu un avortement l'an dernier à Sacramento et elle est retournée travailler le lendemain. Elle se sentait un peu fatiguée, mais c'est tout. Un avortement, c'est une chose très simple. »

J'ai tourné la tête et j'ai regardé Vida. Mais elle, après avoir dit ces mots, regardait droit devant elle, les yeux fixés sur la voiture qui nous précédait. Nous étions sortis de San Francisco. Nous avions passé Potrero Hill. Dans le grondement du moteur, nous roulions vers l'avion qui nous attendait pour décoller à 8 heures 15 et qui nous ferait traverser la Californie pour atterrir à San Diego à 9 heures 45.

« Peut-être qu'en revenant on pourrait habiter un peu dans les cavernes, dit Vida. Ce sera le printemps, bientôt. Ce sera joli, les cavernes. »

« Il y a du suintement », dis-je.

« Comment ? dit Vida. Je n'ai pas entendu. J'étais en train de regarder la Chevrolet devant. Je me demandais ce qu'elle allait faire. Qu'est-ce que tu disais, mon amour ? »

« Rien », dis-je.

« De toute façon, dit-elle, il faut à tout prix qu'on te sorte de cette bibliothèque. Le mieux, peut-être, ce serait peut-être de tout abandonner, d'oublier les cavernes et de recommencer à neuf, ailleurs, tous les deux. On peut peut-être aller à New York, ou bien on irait habiter Mill Valley ou bien on louerait un appartement à Bernal Heights ou bien alors, je pourrais retourner à l'université et avoir ma licence et on aurait un petit chez-nous à Berkeley. C'est chouette là-bas. Tu serais un héros. »

Vida semblait plus songer à me sortir de la bibliothèque qu'à s'inquiéter de l'avortement.

« Cette bibliothèque, c'est ma vie, dis-je. Je ne sais pas ce que je ferais sans elle. »

« On va t'arranger une nouvelle vie », dit Vida.

Je regardais l'autoroute et, là-bas, l'aéroport international de San Francisco qui attendait avec un air médiéval dans le petit matin, comme un château fort de vitesse bâti sur les entrailles de l'espace.

L'aéroport international de San Francisco

Vida gara le camion près de la statue de la Paix qui nous attendait en surplombant les voitures comme un obus géant. La statue avait l'air au repos dans cet océan de métal. C'était un machin en acier avec une douce mosaïque et des gens en marbre. Les gens essayaient de nous dire quelque chose. Malheureusement, nous n'avions pas le temps d'écouter.

« Et voilà, nous y sommes », dit Vida.

« Ouais. »

J'ai pris notre sac et nous avons laissé là le camion très tôt le matin, avec le projet, si tout se passait bien, de le reprendre le soir même. Le camion avait comme l'air esseulé d'un bison parmi les autres voitures.

Nous sommes allés à pied jusqu'à l'aérogare. Il était rempli de centaines de gens venant et allant en avion. Partout dans l'air flottaient les filets de cet émoi que donnent les voyages et les gens s'y empêtraient et nous aussi, bientôt, fûmes pris dans la nasse.

L'aéroport international de San Francisco est un lieu gigantesque, escalatoresque, marbresque et cybernétiesque et il tient à représenter pour nous une chose à laquelle nous ne sommes pas sûrs d'être encore tout à fait prêts. Par ailleurs, c'est un lieu très *Playboy*.

Nous allâmes jusqu' (et ce jusqu'était très loin) au bureau des Pacific Southwest Airlines pour retirer nos billets. Il y avait là un jeune homme et une jeune femme. Ils étaient très beaux et très efficaces. La fille avait l'air d'une fille qui aurait l'air chouette sans vêtements. Vida ne lui plut pas. Le jeune homme et elle portaient tous les deux un badge représentant des moitiés d'ailes, comme des éperviers amputés. Je mis les billets dans ma poche.

Ensuite, j'eus envie d'aller aux toilettes.

« Attends-moi ici, mon amour », dis-je.

Les toilettes étaient si élégantes que j'avais l'impression que j'aurais dû me mettre en smoking pour pisser un coup.

Trois hommes, en mon absence, firent des propositions à Vida. L'un d'eux voulait l'épouser.

Nous avions environ trois quarts d'heure avant le départ de notre avion pour San Diego. Nous allâmes donc boire un café. C'était si étrange de se retrouver parmi les gens. J'avais oublié à quel point ils étaient compliqués vus comme ça, en masse.

Tout le monde, bien entendu, regardait Vida. Je n'avais jamais encore vu une fille attirer tant l'attention. C'était exactement comme elle m'avait prévenu que ce serait, sauf que c'était plus.

Un élégant jeune homme en habit jaune, l'air d'un Putain de Maître d'Hôtel, nous fit asseoir à une table à côté d'une plante aux larges feuilles vertes. Il était extrêmement intéressé par Vida, bien qu'il fît son possible pour n'en rien laisser voir.

Le thème de base du restaurant était le rouge et le jaune, accompagnés d'une surprenante quantité de jeunes et le tintamarre assourdissant des assiettes.

J'avais oublié que les assiettes pouvaient faire tant de bruit.

Je n'avais pas faim, mais j'ai regardé le menu. Cela faisait des années que je n'avais pas regardé un menu. Le menu commençait par me dire bonjour. Alors je lui ai dit bonjour à mon tour. En fait, on pourrait passer sa vie à parler aux menus.

Chaque homme, dans le restaurant, avait été instantanément mis en alerte par la beauté de Vida. Les femmes aussi, d'ailleurs, avec une sorte de jalousie. Il y avait autour des femmes une aura verte.

Une serveuse habillée d'une robe jaune et d'un joli petit tablier blanc vint prendre notre commande, deux cafés, et repartit les chercher. Elle était jolie, mais Vida la rendait pâle.

Par la fenêtre, nous regardions les avions aller et venir, relier San Francisco au monde, puis à nouveau emporter le monde très loin, à plus de 900 km à l'heure.

Il y avait des Noirs en uniforme blanc qui faisaient la cuisine. Ils portaient de hautes toques blanches. Il n'y avait toutefois aucun Noir en train de manger dans le restaurant. Sans doute que les Noirs ne prennent pas l'avion si tôt le matin.

La serveuse est revenue avec notre café. Elle a posé les tasses sur la table, puis elle est repartie. Elle avait de jolis cheveux blonds, mais en vain. Elle a emporté le menu : au revoir, bonjour.

Vida savait à quoi je pensais parce qu'elle a dit : « Toi, c'est la première fois que tu vois ça. Ça m'embêtait, jusqu'à ce que je te rencontre. Maintenant, tu sais tout. »

« Tu n'as jamais songé à faire du cinéma ou à travailler ici à l'aéroport ? » dis-je.

Cela a fait rire Vida avec, comme conséquence, qu'un garçon de vingt et un ans environ a renversé sur lui son café et, aussitôt, la jolie serveuse s'est précipitée vers lui avec une éponge. Il était en train de bouillir dans son propre café.

Il était temps maintenant de prendre notre avion. Nous avons quitté le restaurant. J'ai payé. La caissière était très jolie. Elle a souri en prenant l'argent. Ensuite, elle a regardé Vida et son sourire a disparu.

Il y avait beaucoup de beautés parmi les femmes qui travaillaient dans cette aérogare, mais Vida fracassait tout, comme si de rien n'était. Sa beauté, comme un animal, était assez cruelle en son genre.

Nous sommes allés pour prendre notre avion et les gens, sur notre passage, se donnaient des coups de coude pour se montrer Vida. La beauté de Vida a dû être la cause d'un million de bleus sur la peau : ah, Sade, le miel de ces coups !

Deux gamins de quatre ans, qui donnaient la main à leur maman, eurent soudain la nuque paralysée en nous croisant. Ils ne quittèrent pas Vida des yeux. Ils ne pouvaient pas.

Nous descendîmes l'escalier jusqu'au salon d'embarquement des Pacific Southwest Airlines, semant le tohu-bohu parmi les mâles qui croisaient, par hasard, notre chemin. J'avais passé mon bras autour de Vida, mais ce n'était plus nécessaire. Elle avait surmonté la terreur de son propre corps.

Je n'avais jamais rien vu de pareil. Un homme d'une quarantaine d'années, un voyageur de commerce peut-être, fumait une cigarette lorsqu'il nous aperçut. Un seul regard sur Vida et, en voulant tirer une bouffée, il rata sa bouche.

Il restait là, ébahi, l'air idiot sans quitter des yeux Vida, bien que sa beauté lui eût fait perdre la maîtrise de son monde.

Les Pacific Southwest Airlines

Le jet était trapu, avec un air bizarre de lorgner et une queue qui le faisait ressembler à un requin. C'était la première fois que je montais dans un avion. C'était une sensation étrange de grimper dans cette chose.

Tandis que nous prenions place dans nos sièges, Vida provoqua sa panique habituelle parmi les passagers de sexe masculin. Nous serrâmes aussitôt notre ceinture de sécurité. Au fur et à mesure que les gens montaient, ils s'intégraient à la même communauté de nervosité.

J'ai regardé par le hublot : nous étions juste au-dessus de l'aile. Ensuite, j'eus la surprise de découvrir que, sur le sol de l'avion, il y avait un tapis.

Aux murs de l'avion étaient accrochées de petites vues de Californie : les tramways de San Francisco, Hollywood, la Coit Tower, le télescope du Mont Palomar, une mission de Californie, le Golden Gate Bridge, un zoo, un voilier, etc. Plus un bâtiment que je ne reconnaissais pas. J'ai regardé de très près ce bâtiment. Peut-être avait-il été bâti pendant que j'étais dans la bibliothèque.

Les hommes regardaient toujours Vida, bien que l'avion fût plein de jolies hôtesses. Vida rendait les hôtesses invisibles. C'était sans doute bien la première fois que chose pareille leur arrivait.

« Franchement, je n'arrive pas à y croire », dis-je.

« S'ils le veulent, je leur laisse, dit Vida. Moi, je n'y suis pour rien. »

« Tu es vraiment la plus belle », dis-je.

« C'est seulement parce que je suis avec toi », dit-elle.

Avant le décollage, un homme s'adressa à nous par le truchement du haut-parleur. Il nous souhaita la bienvenue et nous informa du temps qu'il faisait, de la température, des nuages et du soleil et du vent et aussi du temps qui nous attendait à l'autre bout de la Californie. Nous ne tenions pas à en savoir tant sur le temps. J'espérais que c'était le pilote.

Il faisait gris et froid dehors, sans aucun espoir de soleil. Nous allions maintenant décoller. Nous avons commencé à rouler le long de la piste lentement d'abord, puis un peu plus vite, plus vite, plus vite : oh aïe aïe aïe !

J'ai regardé l'aile juste dessous. Les rivets avaient l'air affreusement gentils. Comme s'ils ne feraient de mal à personne, mais ne tenaient pas grand-chose non plus. De temps en temps, l'aile tremblait, un tremblement imperceptible, mais cette subtile insinuation suffisait à faire imaginer autre chose.

« Comment ça va ? demanda Vida. Tu as l'air un peu vert sur les franges. »

« C'est spécial », dis-je.

Un volet médiéval pendait en dessous de l'aile tandis que nous décollions. C'était l'intestin métallique d'une sorte d'oiseau, rétractable et visionnaire.

Bientôt nous volâmes au-dessus de la brume des nuages et en plein dans le soleil. C'était fantastique. Les nuages étaient blancs et splendides et on les voyait pousser comme des fleurs sur les montagnes et les collines là-bas, masquant, de leurs pétales, les vallées à notre vue.

Je tenais la main de Vida.

De temps en temps, nous heurtions des choses invisibles dans l'air et l'avion, alors, avait un haut-le-corps, comme un cheval fantôme.

J'ai regardé mon aile et j'y ai vu quelque chose qui avait l'air d'une tache de café, comme si quelqu'un avait posé sa tasse sur l'aile. Je voyais le cercle de la soucoupe et une grosse éclaboussure là où la tasse s'était renversée.

J'ai à nouveau regardé la tache de café et je l'ai bien aimée, avec le monde là-bas en arrière-plan. Nous allions atterrir dans moins d'une heure à Los Angeles pour débarquer des passagers, en embarquer d'autres et continuer alors notre route jusqu'à San Diego.

Nous allions si vite que l'espace d'une seconde et nous étions partis.

La tache de café

Je commençais à aimer cette tache de café sur mon aile. Au fond, c'était parfait pour un jour pareil : comme un talisman. Je m'étais mis à penser à Tijuana, mais j'ai changé d'avis et je me suis remis à penser à la tache de café.

Il se passait pas mal de choses à bord de l'avion. Ceci grâce aux hôtesses qui prenaient les billets, servaient le café et, d'une manière générale, se faisaient unanimement aimer.

Les hôtesses étaient comme de belles nonnes sorties de *Playboy* et elles allaient et venaient dans les couloirs de l'avion comme si l'avion avait été un couvent. Elles portaient des jupes courtes pour mettre en valeur leurs jolis genoux et leurs belles jambes, mais genoux et jambes s'éclipsaient en face de Vida qui, tranquillement assise dans le siège à côté du mien, me tenait la main et songeait à son corps à destination de Tijuana.

Il y avait une poche verte, parfaite, dans la montagne. C'était peut-être un ranch ou un champ ou un pré. J'aurais pu aimer cette poche de verdure à jamais.

La vitesse de l'avion me rendait affectueux.

Au bout d'un moment les nuages, malgré eux, renoncèrent aux vallées, mais c'était un paysage très désolé que nous survolions maintenant et les nuages eux-mêmes n'en voulaient pas. Il n'y avait rien d'humain en bas, sauf quelques routes qui couraient comme de longs asticots desséchés, à travers la montagne.

Vida restait calme et belle.

Le soleil, sans cesse, se balançait sur mon aile. J'ai regardé en bas, par-delà ma tache de café, et j'ai vu que nous survolions une vallée à demi désolée où l'on ne détectait aucune trace, ni verte, ni jaune, des dessins agraires de l'homme. Mais les montagnes n'avaient plus d'arbres non plus : elles étaient arides et pentues comme des instruments de chirurgie archaïques.

J'ai regardé le médiéval volet intestinal de l'aile qui se rétractait maintenant pour digérer des centaines de kilomètres à l'heure là, tout près de ma tache-talisman.

Vida était parfaite, bien que son regard rêvât vers le Sud.

De l'autre côté de l'allée, les gens regardaient quelque chose par leur hublot. Je me demandais ce que ce pouvait être et j'ai regardé de mon côté et j'ai vu une petite ville et un pays qui avait l'air plus accueillant. Puis il y eut d'autres villes. Les villes commencèrent à se grossir mutuellement, comme des loupes. La douceur du paysage se métamorphosa en villes et, peu à peu, les villes s'étalèrent partout et c'était Los Angeles. Je cherchais à repérer une autoroute.

L'homme dont j'espérais qu'il était le pilote, ou alors un responsable quelconque de l'avion, nous dit que nous allions atterrir dans deux minutes. Nous pénétrâmes soudain dans un brouillard nuageux qui devint peu à peu l'aéroport Burbank de Los Angeles. Il n'y avait pas de soleil et tout était brumeux. C'était une brume jaune, alors que, tout à l'heure, à San Francisco, c'était une brume grise.

L'avion se vida puis s'emplit à nouveau. Vida, pendant cette opération, resta le foyer de toute une activité visuelle. Une des hôtesses s'attarda un moment à quelques sièges de nous et dévisagea Vida pour être sûre qu'elle était en vrai.

« Comment ça va ? » dis-je.

« Bien », dit-elle.

Un petit avion de la taille d'un P-28 environ, avec des hélices à l'air rouillé, roulait près de nous avant de décoller. Ses hublots étaient pleins de visages terrifiés.

Il y avait maintenant des hommes d'affaires assis en face de nous. Ils parlaient d'une fille. Ils voulaient tous coucher avec elle. C'était la secrétaire de leur succursale de Phœnix. Ils parlaient d'elle en utilisant leur vocabulaire d'affaires : « Ah, j'aimerais bien m'occuper de sa comptabilité, ah ah ! ah ah ! ha ! ha ha ! »

Le « pilote » souhaita aux nouveaux la bienvenue à bord et il nous parla à nouveau du temps qu'il faisait. Ce qu'il disait n'intéressait personne.

« Nous atterrirons à San Diego dans vingt et une minutes », dit-il en concluant son bulletin météorologique.

Tandis que nous décollions de l'aéroport de Los Angeles, un train roulait en bas selon une trajectoire parallèle. Nous le laissâmes sur place comme s'il n'avait pas existé. Ce fut la même chose pour Los Angeles.

Nous grimpâmes lentement dans le lourd brouillard jaune et soudain le soleil fut là à nouveau, brillant calmement sur l'aile et ma tache de café avait l'air heureuse comme un surfeur au sommet de la vague, mais ce ne fut qu'une impression fugace.

Ding Dong jusqu'à San Diego

Ding Dong !

Le trajet jusqu'à San Diego se passa surtout dans les nuages. De temps en temps, dans l'avion, on entendait un son de cloche. Je ne savais pas ce que c'était.

Ding Dong ! aux oreilles.

Les hôtesses voulaient encore les billets et tout le monde les aimait bien. Leur sourire ne leur quittait jamais le visage. Même lorsqu'elles ne souriaient pas, elles souriaient.

Ding Dong !

J'ai pensé à Foster et à la bibliothèque, mais vite j'ai changé le sujet dans ma tête. Je ne voulais pas penser à Foster ni à la bibliothèque. Grimace.

Ding Dong !

Ensuite, nous sommes entrés dans un brouillard épais et l'avion s'est mis à faire des drôles de bruits. Les bruits étaient assez compacts. D'abord, j'ai presque cru qu'on venait d'atterrir à San Diego et que l'avion roulait sur la piste. Puis les hôtesses nous ont dit que nous allions bientôt atterrir à San Diego. Il fallait donc croire que nous étions encore en l'air.

Hummmm.

Ding Dong !

Eau chaude

Notre vitesse, depuis San Francisco, avait été ahurissante. Nous avions ramassé des centaines de kilomètres sans effort, guidés, aurait-on dit, par le lyrisme. Brusquement, nous étions dans l'espace ouvert et alors, nous nous découvrîmes à la verticale de l'océan. Je vis des vagues blanches, en bas, se briser contre le rivage et c'était San Diego. J'ai vu quelque chose qui ressemblait à un parc en train de s'évanouir, puis j'ai senti bourdonner mes oreilles et nous descendions.

L'avion s'est arrêté. De l'autre côté, il y avait des navires de guerre à l'ancre. Le brouillard gris qui les enveloppait était de la couleur de leur corps.

« Tu peux arrêter d'être vert, maintenant », dit Vida.

« Merci, dis-je. C'est la première fois que je joue à l'arbre. Peut-être n'est-ce pas ma vocation. »

Nous descendîmes de l'avion. Vida provoquait le chaos habituel parmi les passagers masculins et la jalousie parmi les femmes.

Deux marins regardèrent comme si leurs yeux étaient restés coincés dans un billard électrique, puis nous marchâmes jusqu'à l'aérogare. C'était petit et démodé.

Et j'avais envie d'aller aux toilettes.

La différence entre l'aéroport international de San Francisco et l'aéroport international de San Diego se trouve dans les toilettes pour hommes.

A l'aéroport international de San Francisco, l'eau chaude coule toute seule pendant que vous vous lavez les mains, mais à l'aéroport international de San Diego, elle ne coule pas toute seule. Si vous voulez de l'eau chaude, il faut que vous gardiez la main sur le robinet.

Pendant que je faisais ces observations sur l'eau chaude, Vida eut cinq propositions. D'un revers de la main, elle les balaya comme des mouches.

J'avais envie de boire quelque chose, ce qui ne m'arrive pas souvent, mais le bar était minuscule, obscur et rempli de marins. Je n'aimais pas la tête du barman. Ça n'avait pas l'air d'un chouette bar.

C'était toujours le chaos éperdu parmi les hommes qui se trouvaient dans l'aérogare. Un homme réussit même à tomber de tout son long par terre. Je ne sais pas comment il s'y est pris, mais c'est vrai. Il était étendu de tout son long et regardait Vida juste au moment où je décidais de ne rien prendre au bar et de prendre un café à la place.

« Je crois que tu lui as troublé l'oreille interne », dis-je.

« Le pauvre homme », dit Vida.

Rétrovol

Le thème de base du café de l'aéroport de San Diego, c'était petit et désinvolte, avec beaucoup de jeunes et des pots remplis de fleurs en plastique.

Le café était plein de gens d'avion : des hôtesses et des pilotes et des gens qui parlaient d'avions et de vols.

Vida leur fit son effet pendant que moi je commandais deux cafés à une serveuse en uniforme blanc. Elle n'était ni jeune ni jolie et elle n'était pas tout à fait réveillée non plus.

Les fenêtres du café étaient masquées par de lourds rideaux verts et l'on ne voyait rien dehors, pas même une aile.

« Eh bien, nous y sommes », dis-je.

« Ça, c'est sûr », dit Vida.

« Comment te sens-tu ? » dis-je.

« Je voudrais que ce soit déjà fini », dit Vida.

« Ouais. »

Il y avait deux hommes assis à côté de nous qui parlaient d'avion et du vent et le nombre quatre-vingts revenait sans cesse dans leur conversation. Ils parlaient de miles à l'heure.

« Quatre-vingts », disait l'un d'eux.

J'ai perdu le fil de ce qu'ils disaient parce que je pensais à l'avortement de Tijuana et puis alors j'ai entendu l'un des deux qui disait à l'autre : « A quatre-vingts, ton avion, il marche en arrière. »

Centre-ville

A San Diego, c'était un temps couvert et rien du tout. Nous avons pris un radio-taxi pour aller jusqu'au centre. Le chauffeur buvait du café. Nous sommes entrés dans la voiture et il a continué à boire son café en regardant Vida.

« C'est pour où ? », a-t-il dit, en s'adressant plutôt à Vida qu'à moi.

« L'Hôtel Vert, ai-je dit. C'est... »

« Je sais où c'est », a-t-il dit à Vida.

Il a pris l'autoroute.

« Vous croyez que le soleil va se montrer ? » ai-je dit ne sachant pas que dire d'autre. Bien sûr, je n'étais pas obligé de dire quelque chose, mais il ne faisait vraiment que regarder Vida dans son rétroviseur.

« Oh, il va sortir son nez vers midi une heure, mais moi, j'aime bien ce temps-là », a-t-il dit à Vida.

Alors j'ai bien regardé son visage dans la glace. On aurait dit qu'il avait été battu à mort à coups de bouteille, sauf que c'était avec l'intérieur de la bouteille.

« Et voilà », a-t-il dit à Vida en freinant devant l'Hôtel Vert.

Le prix au compteur était un dollar et dix cents. Aussi lui ai-je laissé vingt cents de pourboire. Il a eu l'air très malheureux. Il regardait encore l'argent au creux de sa main pendant que nous sortions du taxi et entrions à l'Hôtel Vert.

Il n'a même pas dit au revoir à Vida.

L'Hôtel Vert

L'Hôtel Vert était un hôtel de quatre étages construit en brique rouge et situé en face d'un parking, à côté d'une librairie. Je n'ai pas pu m'empêcher de regarder les livres dans la vitrine. C'était très différent des livres que nous avions dans la bibliothèque.

Lorsque nous sommes entrés, le réceptionnaire a levé la tête. L'hôtel avait une grosse plante verte en vitrine, avec d'énormes feuilles.

« Hé bonjour ! » a-t-il dit. Il était très amical avec sa bouche pleine de fausses dents.

« Bonjour ! » ai-je dit.

Vida a souri.

Cela a dû beaucoup lui plaire parce qu'il est devenu deux fois plus aimable, ce qui n'était pas facile à faire.

« Nous venons de la part de Foster », ai-je dit.

« Ah, Foster ! a-t-il dit. Oui, oui. Foster. Il nous a donné un coup de fil pour nous annoncer votre arrivée et vous voici ! Monsieur et madame Smith. Foster... Merveilleux bonhomme, Foster ! »

Du coup, son sourire devenait un ouragan. Peut-être était-il le père d'une hôtesse de l'air.

« Je vous ai gardé une jolie chambre avec une baignoire et une belle vue, dit-il. Vous serez comme à la maison. »

« Je suis sûr qu'elle vous plaira beaucoup, dit-il à Vida. Ce n'est pas une chambre comme une chambre d'hôtel. »

Apparemment, tout patron d'hôtel qu'il était, l'idée que Vida dorme dans une chambre d'hôtel ne lui plaisait guère. Et ce n'était que le début.

« Oui, c'est une belle chambre, dit-il. Très jolie chambre. Elle vous fera aimer votre séjour à San Diego. Pour combien de temps êtes-vous ici ? Foster n'a pas été très explicite au téléphone. Il a simplement dit que vous veniez et vous voilà ! »

« Juste un jour ou deux », dis-je.

« Affaires ou tourisme ? » dit-il.

« Nous sommes venus voir la sœur de ma femme », dis-je.

« Très bien, très bien. Et chez elle, c'est trop petit. Hein ? »

« Ce n'est pas ça, dis-je. Mais la nuit, je ronfle. »

« Oh », dit le réceptionnaire.

Nous avons signé monsieur et madame Smith de San

Francisco sur le registre de l'hôtel. Vida m'observait pendant que je signais de notre nouvel et instantané nom de mariage. Elle souriait. Mon Dieu, qu'elle était belle !

« Je vais vous montrer votre chambre, dit le réceptionnaire. C'est une très belle chambre. Vous serez très contents. Et les murs sont épais. Vous serez bien chez vous. »

« Tant mieux, dis-je, parce que cette infirmité m'a causé bien de l'embarras par le passé… »

« Vous ronflez vraiment fort ? » dit-il.

« Oh ! la la ! Comme une scierie. »

« Si vous voulez bien attendre un instant, dit-il, je vais appeler mon frère pour qu'il s'occupe de la réception pendant que je vous accompagne. »

Il appuya sur une sonnette silencieuse et quelques instants plus tard son frère descendit par l'ascenseur.

« Nous avons de gentils clients qui nous arrivent, dit alors le réceptionnaire. Monsieur et madame Smith. Des amis de Foster. Je vais leur donner la chambre de maman. »

Le frère dévisagea Vida de haut en bas, puis se glissa derrière le bureau pour prendre le volant des mains de son frère qui descendit et alors lui, monta.

Tous les deux étaient entre deux âges.

« Parfait, dit le réceptionnaire frère, d'un air content. Elle va leur plaire, la chambre de maman. »

« Votre mère habite ici ? » dis-je, un peu perdu.

« Non, elle est morte, dit le réceptionnaire. Mais c'était sa chambre avant qu'elle meure. Cet hôtel est la propriété de notre famille depuis plus de cinquante ans. La chambre de maman est restée exactement dans l'état où elle était lorsque maman est morte, Dieu ait son âme. Nous n'avons touché à rien. Nous ne la louons qu'à de gentils clients comme vous. »

Nous montâmes dans un antique dinosaure d'ascenseur qui nous mena jusqu'au quatrième étage et la chambre de maman. C'était une jolie chambre, dans le genre maman morte.

« Elle est belle, n'est-ce pas ? » dit le réceptionnaire.

« Très confortable », dis-je.

« Très jolie », dit Vida.

« Vous trouverez San Diego plus agréable avec une chambre pareille », dit-il.

Il leva le store pour nous montrer une très belle vue sur le parking, ce qui était enivrant si l'on n'a jamais vu de parking.

« C'est certain », dis-je.

« Si vous avez besoin de quoi que ce soit, dites-le-moi et nous ferons le nécessaire : si vous voulez être réveillés le matin ou n'importe quoi, il suffit de le dire. Nous sommes ici pour rendre votre séjour à San Diego agréable, même si, hélas, vous ne pouvez pas habiter avec votre sœur parce que vous ronflez la nuit. »

« Merci », dis-je.

Il est parti nous laissant seuls dans la chambre.

« Qu'est-ce que c'est que cette histoire de ronflement ? », dit Vida en s'asseyant sur le lit.

Elle souriait.

« Je ne sais pas, dis-je. Sur le moment, ça m'a paru comme la chose à dire. »

« Tu es la précaution même ! » dit Vida. Puis elle se rafraîchit un peu, se débarbouilla de l'air du voyage et bientôt nous étions prêts pour aller rendre visite au Dr Garcia à Tijuana.

« Bon, je pense qu'il faut qu'on y aille », dis-je.

« Je suis prête », dit Vida.

Le fantôme de la maman morte nous regardait partir. Elle était assise sur le lit en train de tricoter quelque chose de fantôme.

Le bus pour Tijuana

Je n'aime pas San Diego. Nous sommes allés à pied jusqu'à la gare de Greyhound qui se trouvait à quelques rues de là. Il y avait des paniers de fleurs suspendus aux lampadaires.

Il y avait comme une atmosphère de petite ville à San Diego ce matin-là, mis à part les marins fatigués d'une nuit d'insomnie ou les marins sur le départ qui se promenaient dans les rues.

La gare de Greyhound était bourrée de gens et de jeux et de machines à sous et il y avait plus de Mexicains dans la gare routière que dans les rues de San Diego. On aurait presque dit que la gare routière était le quartier mexicain de la ville.

Le corps de Vida, son visage parfait et sa longue chevelure illuminée d'éclairs commirent leurs actes coutumiers parmi les hommes de la gare. On était presque au bord de la panique.

« Eh bien », dis-je.

Vida me répondit par le silence.

Il y avait un bus pour Tijuana tous les quarts d'heure et le trajet coûtait un demi-dollar. Il y avait beaucoup de Mexicains dans la queue, portant chapeaux de paille ou chapeaux de cow-boys, étirant leurs corps paresseux en direction de Tijuana.

Les villes frontalières ne sont pas des endroits très agréables.

Un juke-box jouait de vieux airs de musique pop datant de l'époque où j'étais entré dans la bibliothèque. C'était étrange d'entendre à nouveau ces vieilles chansons.

Il y avait un jeune couple qui attendait le bus devant nous. Ils étaient très classiques d'habits et d'allure et ils avaient l'air affreusement nerveux et inquiets malgré tout le mal qu'ils se donnaient pour garder leur impassibilité.

Il y avait un homme, debout dans la queue, tenant un journal hippique sous le bras. Il était vieux et il avait des pellicules sur ses revers, sur les épaulettes de son pardessus et sur son journal.

C'était la première fois que j'allais à Tijuana, mais j'étais déjà allé dans deux ou trois villes de la frontière comme Nogales et Juarez. Je n'étais pas enchanté par la perspective de Tijuana.

Les villes frontalières ne sont pas des endroits très agréables. Elles font ressortir ce qu'il y a de pire dans chacun des deux pays et tout ce qu'il y a de typiquement américain saute, à la frontière, comme une enseigne de néon, aux yeux.

J'ai remarqué les gens entre deux âges, mais sur le versant de la vieillesse, qu'on voit toujours dans les gares routières bondées, mais jamais dans les gares vides. Ils n'existent qu'en nombre et semblent vivre dans la foule des gares routières. Tous avaient l'air d'aimer les vieux disques que passait le juke-box.

Un Mexicain portait tout un fatras de choses dans un grand emballage de carton et un sac en plastique. On aurait dit que c'était là tout ce qu'il possédait dans la vie et il rentrait avec, chez lui, à Tijuana.

Diapositives

Le court trajet qui mène à Tijuana ne fut pas un voyage très heureux. Je regardais par la fenêtre pour voir s'il y avait et il n'y avait pas d'aile au bus, ni de tache de café dehors. Cela me manquait.

San Diego devenait de plus en plus pauvre et bientôt nous fûmes sur l'autoroute. Le paysage, par là-bas, n'est quasiment rien et ne vaut pas la peine d'être décrit.

Vida et moi, nous nous tenions la main. Nos mains étaient ensemble dans nos mains, tandis que notre vrai destin s'approchait de nous. Le ventre de Vida était plat et parfait et il allait le rester.

Vida regardait par la fenêtre ce qu'il ne vaut pas la peine de décrire et surtout pas en froid langage d'autoroute. Elle ne dit donc rien.

Le jeune couple classique était assis, l'air transi, sur le siège devant nous. Ils passaient vraiment un moment pénible. Je devinais à moitié ce qu'ils venaient faire à Tijuana.

L'homme a murmuré quelque chose à la femme. Elle a hoché la tête sans rien dire. J'ai cru qu'elle allait se mettre à pleurer. Elle se mordait la lèvre inférieure.

Je regardais du haut du bus les voitures qui nous doublaient et je voyais des choses sur le siège arrière. Je faisais de mon mieux pour ne pas regarder les gens, mais pour regarder plutôt les choses posées sur le siège arrière. J'ai vu un sac en papier, trois portemanteaux, des fleurs, un pull, un pardessus, une orange, un sac en papier, une boîte, un chien.

« C'est à la chaîne, a dit Vida. Nous sommes sur un tapis roulant. »

« C'est plus facile comme cela, ai-je dit. Tout ira bien. Ne t'inquiète pas. »

« Je sais que tout ira bien, a-t-elle dit. Mais je voudrais y être déjà. Ces gens devant nous, c'est pire que la perspective de l'avortement. »

L'homme se mit à murmurer quelque chose à la femme qui continuait à regarder droit devant elle et Vida s'est tournée et a regardé par la fenêtre le rien qui menait jusqu'à Tijuana.

L'homme de Guadalajara

La frontière était une foule de voitures qui venaient et allaient, dans la confusion et la fièvre, passer sous un arc héroïque et faire leur entrée au Mexique. Il y avait une pancarte qui disait quelque chose comme :

BIENVENUE A TIJUANA
LA VILLE LA PLUS VISITÉE DU MONDE

Cette phrase me laissa perplexe.

Nous traversâmes à pied, tout simplement, la frontière du Mexique. Les Américains ne nous dirent même pas au revoir et, soudain, nous nous trouvâmes dans une manière différente de faire les choses.

D'abord, il y avait ces policiers mexicains, portant ces pistolets automatiques de calibre 45 que les Mexicains adorent, qui vérifiaient toutes les voitures qui entraient au Mexique.

Il y avait aussi d'autres hommes, avec un air de détectives en civil, debout près du chemin pour piétons qui conduisait au Mexique. Ils ne nous dirent rien, mais, derrière nous, ils arrêtèrent deux personnes, un homme et une femme, des jeunes, et leur demandèrent de quelle nationalité ils étaient et ils dirent qu'ils étaient italiens.

« Nous sommes italiens. »

J'imagine que Vida et moi avions l'air américain.

L'arc non seulement était héroïque, mais encore beau et moderne, et il y avait un joli jardin avec des galets dedans, mais ce qui nous intéressait, pour notre part, c'était de trouver un taxi et nous nous dirigeâmes donc vers un endroit où il y en avait beaucoup.

Je remarquai cette fameuse poussière âcre et douce qui recouvre le nord du Mexique. C'était comme retrouver un vieil ami.

TAXI !

TAXI !

TAXI !

Les chauffeurs poussaient de grands cris et gesticulaient pour attirer un nouveau chargement de gringos.

TAXI !

TAXI !

TAXI !

Les taxis étaient typiquement mexicains et les chauffeurs les trimbalaient comme des quartiers de viande. Je n'aime pas qu'on me force la main. Je ne suis pas fait pour.

Le jeune couple classique est arrivé avec l'air très effrayé. Ils sont montés dans un taxi et ont disparu en direction de Tijuana qui s'étendait à ras du sol devant nos yeux puis montait en pente douce vers de brumeuses collines jaunes à l'air pauvre où s'étageaient plein de maisons.

L'arnaque au dollar yankee et son message biblique faisaient vibrer l'air. Les chauffeurs de taxi étaient comme des mouches sans cesse tant qu'ils ne vous avaient pas attirés dans leur viande et emmenés vers Tijuana et ses plaisirs.

« Hé, la jolie fille ! Et le Beatle ! Allez, montez », nous cria un chauffeur.

« Le Beatle ? dis-je à Vida. J'ai les cheveux si longs que ça ? »

« Ils sont assez longs », dit Vida en souriant.

« Hé, le Beatle ! Hé, beauté ! » cria un autre chauffeur.

Il y avait un bourdonnement sans fin de Taxi ! Taxi ! Taxi ! dans l'air. Brusquement, pour nous, tout s'était accéléré au Mexique. Nous étions maintenant dans un autre pays, un pays qui n'en voulait qu'à notre argent.

TAXI !

TAXI !

(Sifflement, les doigts dans la bouche)
TAXI !
BEATLE !
TAXI !
HEP LA-BAS !
TAXI !
TIJUANA !
O LA BELLE FILLE !
TAXI !
(Sifflets, les doigts dans la bouche)
TAXI !
TAXI !
SENORITA ! SENORITA ! SENORITA !
HEP LE BEATLE ! TAXI !

Et alors un Mexicain s'est approché tranquillement de nous. Il avait l'air un peu embarrassé. Il portait un costume croisé, style homme d'affaires, et avait environ la quarantaine.

« J'ai une voiture, dit-il. Voulez-vous que je vous conduise jusqu'au centre ? Ce n'est pas loin. »

C'était une Buick de dix ans d'âge, poussiéreuse mais bien entretenue, et il avait l'air de vouloir que nous montions.

« Merci, dis-je. C'est très gentil. »

L'homme avait l'air correct. Il voulait simplement nous aider, à ce qu'il semblait. Il n'avait pas l'air de quelqu'un qui cherche à vendre quelque chose.

« C'est tout près », répétait-il, pour montrer qu'il était fier de posséder cette voiture.

« Merci », dis-je.

Nous avons marché jusqu'à la voiture. Il nous a ouvert la porte puis a fait le tour pour entrer lui-même.

« C'est bruyant, par ici, a-t-il dit en prenant le chemin, un kilomètre ou deux, qui menait à Tijuana. Trop de bruit. »

« C'est effectivement un peu bruyant », ai-je dit.

Une fois quittée la frontière, il s'est un peu détendu et il a dit : « Vous êtes venus pour l'après-midi ? »

« Oui, nous sommes venus voir sa sœur à San Diego et pendant que nous y étions, autant en profiter pour voir Tijuana », ai-je dit.

« Oh, c'est certainement une chose à voir », dit-il. Cela n'avait pas l'air de le rendre particulièrement heureux.

« Vous habitez ici ? » ai-je dit.

« Je suis né à Guadalajara, a-t-il dit. Ça c'est une belle ville. C'est là que j'habite. Vous n'y êtes jamais allés ? C'est beau. »

« Si, ai-je dit. J'y suis allé il y a cinq ou six ans. C'est une jolie ville. »

J'ai regardé par la fenêtre et j'ai vu un petit manège de chevaux de bois abandonné sur le contrebas de la route. Le manège était tout plat et stagnant, comme une flaque de boue.

« Vous êtes déjà venue au Mexique, Señora ? » a-t-il dit d'un ton paternel.

« Non, dit Vida. C'est la première fois. »

« Il ne faut pas juger le Mexique en fonction d'ici. Le Mexique ce n'est pas Tijuana. Je travaille ici depuis un an et, dans quelques mois, je vais retourner chez moi à Guadalajara et cette fois-ci je vais rester. J'ai été idiot de partir. »

« Qu'est-ce que vous faites comme métier ? » ai-je dit.

« Je travaille pour le gouvernement, dit-il. Je fais une enquête sur les Mexicains qui traversent la frontière pour aller dans votre pays ou pour en revenir. »

« Et vous trouvez des choses intéressantes ? » dit Vida.

« Non, dit-il. C'est tout la même chose. Rien n'est différent. »

Coup de téléphone dans un grand magasin

Le fonctionnaire dont nous n'avons jamais su le nom nous laissa dans la grand-rue de Tijuana et nous indiqua le Bureau national du tourisme où l'on pourrait nous renseigner sur ce qu'il y avait à voir et à faire à Tijuana.

Le Bureau national du tourisme était un petit bâtiment en verre très moderne et il y avait une statue devant. La statue était une statue en pierre grise et elle n'avait pas l'air en paix. Elle était plus haute que le bâtiment. La statue représentait un dieu ou un fellah précolombien en train de faire quelque chose qui n'avait pas l'air de le rendre follement heureux.

Bien que ce bâtiment fût très accueillant, il n'y avait rien que les gens de ce petit bâtiment puissent faire pour nous. Nous attendions du peuple mexicain un autre genre de service.

Tout le monde nous bousculait et en voulait à nos dollars. Ils voulaient tous à tout prix nous vendre des choses dont nous n'avions pas besoin : les gosses du chewing-gum, d'autres gens des bibelots et des machins, et toujours les chauffeurs de taxi qui, à peine étions-nous arrivés, voulaient nous ramener à la frontière ou nous emmener ailleurs nous distraire.

TAXI !
HÉ LA BELLE FILLE !
TAXI !
HÉ LE BEATLE !
(Sifflets, les doigts dans la bouche)

Les chauffeurs de taxi de Tijuana firent preuve à notre égard d'une constante dévotion. Je n'avais pas soupçonné que j'avais les cheveux si longs et Vida, pour sa part, faisait toujours son même effet.

Nous sommes allés jusqu'au grand et moderne Woolworth[1] de la grand-rue de Tijuana pour y téléphoner. C'était un bâtiment pastel avec une grande enseigne rouge et une façade en brique rouge et de grandes vitrines remplies de choses de Pâques : des tas et des tas de petits lapins et des poussins jaunes sortant, l'air ravi, d'œufs géants en train d'éclore.

L'intérieur du Woolworth était très antiseptique et propre et ordonné en comparaison avec l'extérieur qui ne se trouvait qu'à deux pas de là, pas très loin et même pas loin du tout si votre regard faisait abstraction des petits lapins.

Il y avait comme vendeuses de très jolies filles, brunes, jeunes et qui faisaient des tas de jolies choses avec leurs yeux. Elles donnaient toutes l'impression qu'elles auraient été mieux à leur place dans une banque que dans un grand magasin.

J'ai demandé à une des filles où se trouvait le téléphone et elle m'a montré la direction du doigt.

« C'est par là-bas », a-t-elle dit en excellent anglais.

Je suis allé jusqu'au téléphone accompagné de Vida qui, chemin faisant, étalait parmi les hommes la plus totale confusion érotique comme si c'était de la confiture de missiles. Les Mexicaines, quoique très jolies, n'avaient pas la classe de Vida. Elle les descendait en flèche, sans même y penser.

Le téléphone se trouvait près du bureau d'informations, à côté des toilettes, pas loin d'un étalage de ceintures en cuir ni d'un étalage de fils ni du rayon des chemisiers pour femmes.

Quel hétéroclite fatras en guise de souvenirs, mais c'est tout ce dont je me souviens et j'attends avec impatience le jour où j'aurai oublié tout ça.

Le téléphone marchait avec des pièces de monnaie

1. C'est-à-dire le prisu local : de Londres à Tijuana, sur l'empire Woolworth, le soleil ne se couche jamais (N.d.T.).

américaines : une pièce de 5 cents en nickel comme c'était au bon vieux temps de mon enfance.

Un homme a répondu au téléphone.

A sa voix, on aurait dit un docteur.

« Allô, le Dr Garcia ? » ai-je dit.

« Oui. »

« Hier vous avez reçu un coup de téléphone de quelqu'un qui s'appelle Foster et qui vous a parlé de notre problème. Eh bien, nous sommes là », ai-je dit.

« Parfait. Très bien. Où êtes-vous ? »

« Nous sommes à Woolworth », ai-je dit.

« S'il vous plaît, excusez mon anglais. Il n'est pas très bon. Je vais chercher la fille. Elle parle l'anglais... mieux. Elle vous dira comment venir. Je vous attends. Tout ira très bien. »

Une fille a pris le téléphone. Elle avait l'air très jeune à sa voix et elle a dit : « Vous êtes à Woolworth. »

« Oui », ai-je dit.

« Alors vous n'êtes pas très loin », a-t-elle dit.

Cela m'a semblé affreusement étrange.

« En quittant Woolworth, vous tournez à droite et vous suivez Fourth Street et c'est la quatrième rue encore sur votre gauche. C'est un petit immeuble vert au milieu du pâté de maisons. Vous ne pouvez pas vous tromper. Vous vous souviendrez ? »

« Oui, ai-je dit. En quittant Woolworth, nous tournons à droite et ensuite nous suivons Fourth Street et c'est la quatrième rue encore sur notre gauche. Il y a un immeuble vert au milieu du pâté de maisons et c'est là que vous êtes. »

Vida écoutait.

« Votre femme est bien à jeun, n'est-ce pas ? »

« Oui », ai-je dit.

« Parfait. Nous vous attendons. Si jamais vous vous perdez, vous n'avez qu'à téléphoner à nouveau. »

Nous sommes sortis de Woolworth et nous avons suivi

les instructions de la fille, tarabustés par les vendeurs de souvenirs, les chauffeurs de taxi et les marchands de chewing-gum de Tijuana, entourés de sifflements, de voitures, de voitures, de voitures et de cris de consternation animale et toujours de HÉ LE BEATLE !

Les rues étaient pleines de voitures, de gens et d'une fantastique impression de fièvre. Il n'y avait pas de pelouses devant les maisons, seulement la fameuse poussière. Les maisons, cependant, furent nos guides sur le chemin qui nous mena jusqu'au Dr Garcia.

Une voiture américaine flambant neuve stationnait devant la porte de l'immeuble vert. La plaque d'immatriculation était de Californie. Je n'ai pas eu besoin de me tracasser beaucoup pour trouver la réponse à cette énigme. J'ai regardé sur le siège arrière. Il y avait un pull de fille. Il avait l'air perdu.

Des enfants jouaient devant la porte du docteur. Les enfants étaient pauvres et portaient de malheureux habits. Ils ont arrêté de jouer et nous ont regardés entrer.

C'était, à n'en pas douter, un spectacle habituel pour eux. Ils avaient déjà probablement vu bien des gringos dans les parages et les avaient regardés entrer dans cet immeuble vert de style indien, des gringos qui n'avaient pas l'air très heureux. Nous ne les avons pas déçus.

LIVRE QUINT

Mes trois avortements

Esquisses d'un mobilier

A la porte, il y avait une petite cloche qu'il fallait sonner. Mais elle n'était pas comme la cloche argentée de ma bibliothèque si lointaine. Cette cloche-ci, pour sonner, il fallait appuyer dessus avec le doigt. C'est ce que je fis.

Il fallut attendre un peu que l'on vienne ouvrir. Les enfants avaient abandonné leurs jeux pour nous observer. Les enfants étaient tout petits, mal habillés et très sales. Ils avaient ces visages et ces corps mal nourris qui rendent très difficile, au Mexique, de dire quel âge ont les enfants.

Un enfant a l'air d'avoir cinq ans et, en fait, il en a huit. Et un enfant qui a l'air d'avoir sept ans en a peut-être dix. C'est horrible.

Des mères mexicaines passèrent. Elles aussi nous regardèrent. Leur regard était sans expression aucune, mais il montrait ainsi qu'elles savaient pour quoi nous étions là.

La porte du cabinet médical s'ouvrit alors sans aucun effort comme si son plan, de toute éternité, avait été de s'ouvrir à cet instant exact et c'était le Dr Garcia en personne qui est venu nous ouvrir. Je ne savais pas à quoi il ressemblait, mais je savais que c'était lui.

« Je vous prie », dit-il en nous faisant signe d'entrer.

« Merci, dis-je. C'est moi qui viens de vous appeler au téléphone. Je suis l'ami de Foster. »

« Je sais, dit-il calmement. Suivez-moi, s'il vous plaît. »

Le docteur était petit, entre deux âges et habillé tout à fait comme un docteur. Son cabinet était vaste et frais et il y avait plusieurs pièces qui menaient comme un labyrinthe jusqu'à l'arrière et vers des endroits dont nous ne savions rien.

Il nous a fait entrer dans un petit salon d'attente. C'était propre, avec du lino par terre et du mobilier médical et moderne : un divan inconfortable et trois chaises dans lesquelles on n'arrivait jamais à bien s'installer.

Le mobilier était identique à celui que l'on trouve chez les médecins américains. Il y avait une haute plante dans un coin, avec de grandes feuilles vertes, plates et froides. Les feuilles ne faisaient rien.

Il y avait déjà des gens dans la pièce : un père, une mère et leur fille, une jeune adolescente. Elle appartenait manifestement à la voiture toute neuve stationnée devant la porte.

« S'il vous plaît, dit le docteur en nous désignant les deux chaises vides. Tout à l'heure, dit-il en souriant doucement. Attendez, s'il vous plaît. Tout à l'heure. »

Il est sorti, a traversé le couloir et a disparu dans une pièce que nous ne voyions pas, nous laissant avec les trois autres personnes. Personne ne parlait et tout dans l'immeuble était étrangement calme.

Chacun observait les autres de cet air nerveux qui nous vient lorsque l'époque et les circonstances nous réduisent à venir chercher au Mexique une opération illégale.

Le père avait l'air d'un directeur de banque d'une petite ville de la San Joaquin Valley et la mère l'air d'une femme qui appartient à plusieurs clubs et associations.

La fille était jolie et manifestement intelligente. Elle

ne savait pas que faire de son visage en attendant l'heure de son avortement, aussi avait-elle en permanence un sourire rapide comme un couteau et qui ne souriait à rien.

Le père avait l'air très sévère, comme s'il s'apprêtait à refuser un découvert et la mère avait l'air vaguement choquée, comme si quelqu'un avait dit quelque chose d'un peu risqué au thé hebdomadaire des amis de la marquise de Sévigné.

La fille, malgré son corps de femme en herbe, avait l'air trop jeune pour un avortement. Elle aurait dû être ailleurs, en train de faire autre chose.

J'ai regardé Vida. Elle aussi avait l'air trop jeune pour se faire avorter. Que faisions-nous donc tous ici ? Son visage pâlissait.

Hélas, l'innocence de l'amour n'était qu'un temps des corps déjà en escalade et non une chose qui aurait eu la silhouette de nos baisers.

Mon premier avortement

Un siècle environ et dix minutes passèrent, puis le docteur revint et nous fit signe, à Vida et moi, de le suivre. Les autres gens étaient pourtant là avant nous. Peut-être était-ce à cause de Foster.

« S'il vous plaît », dit le Dr Garcia calmement.

Nous le suivîmes jusqu'à un petit cabinet. Il y avait une table et une machine à écrire dessus. Le cabinet était sombre et frais. Les stores étaient baissés et il y avait un fauteuil en cuir et des photos du docteur et de sa famille aux murs et sur la table.

Il y avait divers certificats montrant les diplômes du docteur et les universités où il les avait obtenus.

Il y avait une porte qui donnait directement sur la salle d'opération. Dans cette salle, une fille d'une quinzaine d'années était en train de nettoyer et un jeune garçon, du même âge à peu près, l'aidait.

Un grand éclair de feu bleu bondit à travers le plateau rempli d'instruments chirurgicaux. Le jeune garçon était en train de stériliser les insturments au feu. Vida et moi sursautâmes. Il y avait une table dans la salle d'opération avec des trucs en métal pour tenir les jambes et des lanières de cuir qui allaient avec.

« Pas de douleur, dit le docteur à Vida, puis à moi. Pas de douleur, et propre. Tout est propre, pas de douleur. Pas d'inquiétude. Pas de douleur et propre. Il ne restera rien. Je suis médecin », dit-il.

Je ne savais que dire. J'étais si nerveux que cela en était traumatique. Le teint de Vida avait perdu toutes ses couleurs et ses yeux avaient l'air de ne plus rien voir.

« 250 dollars, dit le docteur. S'il vous plaît. »

« Foster a dit que ce serait 200 dollars. C'est tout ce que nous avons sur nous, entendis-je ma propre voix dire. 200. C'est ce que vous avez dit à Foster. »

« 200. C'est tout ce que vous avez ? », dit le docteur. Vida était là debout, en train de nous écouter débattre le prix de son ventre. Le visage de Vida était comme un pâle nuage d'été.

« Oui, dis-je. C'est tout ce que nous avons. »

J'ai sorti l'argent de ma poche et l'ai donné au médecin. Je lui tendais l'argent et il l'a pris de ma main. Il l'a mis dans sa poche sans le compter puis il est redevenu le médecin et il l'est resté tout le temps que nous avons passé chez lui.

Il n'avait cessé d'être médecin que pendant un bref instant. C'était un peu bizarre. Je ne sais pas à quoi je m'étais attendu. Cela faisait du bien qu'il soit resté médecin pendant tout le reste du temps.

Foster, bien entendu, avait raison.

Il redevint médecin en se tournant vers Vida et en souriant et en lui disant : « Cela ne vous fera pas mal et ce sera propre. Il ne restera rien et il n'y aura aucune douleur. Vous pouvez me croire. Je suis médecin. »

Vida sourit à 1/2.

« Ça fait combien de temps ? » me dit le docteur en esquissant le geste de montrer du doigt le ventre de Vida, mais sans le poursuivre de sorte que sa main était un geste qui ne faisait rien.

« A peu près cinq ou six semaines », dis-je.

Vida souriait maintenant de 1/4 de sourire.

Le docteur marqua un temps d'arrêt, consulta le calendrier qu'il avait dans la tête, puis il eut une pensée affectueuse pour ce calendrier et il lui adressa un signe de tête. Ce calendrier devait lui être très familier. Ils étaient de vieux amis.

« Pas de petit déjeuner ? » demanda-t-il, en esquissant à nouveau le geste de montrer le ventre de Vida, mais à nouveau sans le faire.

« Pas de petit déjeuner », dis-je.

« C'est très bien », dit le docteur.

Vida souriait de 1/37e de sourire.

Quand le jeune garçon eut fini de stériliser les instruments chirurgicaux, il rapporta le petit seau d'une autre grande pièce attachée à la salle d'opération.

L'autre pièce donnait l'impression qu'il y avait des lits dedans. J'ai tourné ma tête sous un autre angle et j'ai alors vu un lit et il y avait un homme assis sur une chaise près du lit. Tout, dans la pièce, avait l'air très calme.

Un moment après le départ du jeune garçon, j'ai entendu le bruit d'une chasse d'eau et le bruit d'un robinet qu'on faisait couler et ensuite le bruit de l'eau qu'on versait dans les toilettes et ensuite à nouveau le bruit de la chasse d'eau et alors le jeune garçon est revenu avec le seau.

Le seau était vide.

Le jeune garçon portait au poignet une grosse montre en or.

« Tout va bien », dit le docteur.

La jeune fille qui était brune et jolie et qui portait également une belle montre au poignet est entrée dans le cabinet du docteur et elle a souri à Vida. C'était le genre de sourire qui disait : le moment est venu ; s'il vous plaît, suivez-moi.

« Pas de douleur, pas de douleur, pas de douleur, pas de douleur », répétait le docteur comme une comptine nerveuse.

Pas de douleur, songeai-je. Que c'est étrange.

« Vous voulez assister ? » me demanda le docteur, en montrant, dans la salle d'opération, une table d'examen où je pouvais m'asseoir si je désirais assister à l'avortement.

J'ai regardé du côté de Vida. Elle ne voulait pas que j'assiste à l'avortement et moi non plus je ne voulais pas y assister.

« Non, ai-je dit. Je vais rester ici. »

« Venez, madame », dit le médecin.

La fille a touché le bras de Vida et Vida est entrée dans la salle d'opération avec elle et le docteur a fermé la porte, mais la porte ne s'est pas vraiment fermée. Elle est restée ouverte d'un centimètre ou deux.

« Ça ne fera pas mal », disait la fille à Vida. Elle était en train de lui faire une injection.

Alors le médecin a dit quelque chose en espagnol au jeune garçon qui a dit OK et qui a fait quelque chose.

« Déshabillez-vous, a dit la fille. Et mettez ceci. »

Alors le médecin a dit quelque chose en espagnol et le jeune garçon lui a répondu en espagnol et la fille a dit : « S'il vous plaît. Maintenant, mettez vos jambes là-dessus. Voilà. Très bien. Merci. »

« C'est parfait, a dit le docteur. Ça n'a pas fait mal, si ? Tout ira très bien. Vous êtes très gentille. »

Alors, il a dit quelque chose en espagnol au jeune garçon et alors la fille a dit quelque chose en espagnol au docteur qui leur a dit quelque chose en espagnol à tous les deux.

« Madame ? a dit le docteur. Madame ? »

Il n'y a pas eu de réponse.

Alors le docteur a dit quelque chose en espagnol au jeune garçon et le jeune garçon lui a répondu en quelque chose de métallique et de chirurgical. Le docteur s'est servi de cette chose qui était métallique et chirurgicale et il l'a rendue au jeune garçon qui lui a donné autre chose de métallique et de chirurgical.

Et, dans la pièce alors, pendant quelque temps, tout fut ou bien calme ou bien métallique et chirurgical.

Alors la fille a dit quelque chose en espagnol au jeune garçon qui lui a répondu en anglais. « Je sais », a-t-il dit.

Le docteur a dit quelque chose en espagnol.

La fille lui a répondu en espagnol.

Quelques instants ont passé pendant lesquels il n'y a plus eu de bruits chirurgicaux dans la pièce. Il y avait maintenant un bruit de nettoyage et le docteur et la fille et le jeune garçon parlaient en espagnol, tandis qu'ils terminaient leur besogne.

Ce n'était plus l'espagnol chirurgical de tout à l'heure. C'était juste un espagnol simple et familier de nettoyage.

« Quelle heure est-il ? » a dit la fille. Elle ne voulait pas regarder sa montre.

« A peu près une heure », a dit le jeune garçon.

Le docteur aussi s'est mis à parler anglais avec eux.

« Encore combien ? »

« Deux » a dit la fille.

« ¿ Dos ? » a dit le docteur en espagnol.

« Il y a encore une qui va venir », a dit la fille.

Le docteur a dit quelque chose en espagnol.

La fille lui a répondu en espagnol.

« Si ça pouvait être trois », a dit le jeune garçon en anglais.

« Toi tu ne penses qu'aux filles », a dit le médecin en riant.

Ensuite le docteur et la fille sont partis dans une brève et très rapide conversation en espagnol.

Ceci fut suivi par un silence bruyant et ensuite le bruit du docteur en train de transporter hors de la salle d'opération quelque chose de lourd et d'inconscient. Il a déposé la chose dans l'autre pièce et il est revenu un instant plus tard.

La fille est venue jusqu'à la porte de la pièce où j'étais et a fini de l'ouvrir. Mon cabinet sombre et frais a été soudain inondé par les projecteurs de la salle d'opération. Le jeune garçon était en train de nettoyer.

« Bonjour, a dit la fille en souriant. S'il vous plaît, venez avec moi. »

D'un geste désinvolte et tranquille, elle m'a fait signe de traverser la salle d'opération comme si ç'avait été un jardin de roses. Le docteur était en train de stériliser ses instruments chirurgicaux dans une longue flamme bleue.

Il a levé les yeux de ses instruments en feu et il a dit : « Tout s'est bien passé. J'ai promis pas de douleur, tout très propre. Comme d'habitude. Il souriait. Parfait. »

La fille m'a emmené dans l'autre pièce où Vida était étendue, inconsciente, sur le lit. Elle était sous de chaudes couvertures. On aurait dit, à la voir, qu'elle était dans un autre siècle en train de rêver.

« L'opération s'est très bien passée, dit la fille. Il n'y a pas eu de complications et tout est allé pour le mieux. Elle va se réveiller tout à l'heure. Elle est belle, n'est-ce pas ? »

« Oui. »

La fille est allée me chercher une chaise et l'a placée près de Vida. Je me suis assis sur la chaise et j'ai regardé Vida. Elle était si seule sur ce lit. J'ai étendu la main et je lui ai touché la joue et c'était comme si elle venait de revenir inconsciente d'une salle d'opération.

La pièce avait un petit chauffage à gaz qui brûlait calmement dans un coin, à son rythme et dans son temps à lui. La pièce avait deux lits et l'autre lit, où tout à l'heure la fille était restée un moment allongée, maintenant était vide et il y avait une chaise vide près du lit tout comme ce lit-ci serait lui aussi tout à l'heure vide et la chaise où maintenant j'étais assis, elle serait vide.

La porte donnant sur la salle d'opération était restée ouverte mais, d'où j'étais, je ne voyais pas la table d'opération.

Mon second avortement

La porte donnant sur la salle d'opération était restée ouverte mais, d'où j'étais, je ne voyais pas la table d'opération. Un instant plus tard, ils ont fait entrer l'adolescente de la salle d'attente.

« Tout va se passer très bien, disait le docteur. Cela ne fera pas mal. » Il lui a fait lui-même l'injection.

« S'il vous plaît, déshabillez-vous », a dit la fille.

Pendant quelques secondes, il y a eu un silence stupéfait qui s'est lentement déchiré pour devenir le bruit gauche et embarrassé d'une adolescente en train de se déshabiller.

Quand elle a été déshabillée, l'assistante, qui n'était guère plus âgée qu'elle, lui a dit : « Maintenant, mettez ça. »

L'adolescente l'a mis.

J'ai regardé sur le lit la forme endormie de Vida. Elle aussi en portait une.

Les vêtements de Vida étaient pliés sur une chaise et ses chaussures étaient par terre, à côté de la chaise. Elles avaient l'air très tristes parce que Vida n'avait plus pouvoir sur elles. Elle était inconsciente devant ses chaussures.

« Maintenant, mettez vos jambes là-dessus, disait le docteur. Un peu plus haut, s'il vous plaît. Voilà. Vous êtes très gentille. »

Alors, il a dit quelque chose en espagnol à la fille mexicaine et elle lui a répondu en espagnol.

« J'ai fait six mois d'espagnol au lycée », a dit l'adolescente, les jambes écartées et suspendues aux étriers métalliques de ce poney de pas d'enfants.

Le docteur a dit quelque chose en espagnol à la fille mexicaine qui lui a répondu en espagnol.

« Oh », a-t-il dit l'air un peu distrait et sans s'adresser à personne en particulier. J'imagine qu'il avait fait beaucoup d'avortements dans sa journée. Et alors il a dit à l'adolescente : « C'est très bien. Eh bien, vous allez pouvoir en apprendre encore. »

Le jeune garçon a dit quelque chose très vite en espagnol.

La fille mexicaine a dit quelque chose très vite en espagnol.

Le docteur a dit quelque chose très vite en espagnol, puis il a demandé à l'adolescente : « Comment vous sentez-vous maintenant ? »

« Rien, a-t-elle dit en souriant. Je ne sens rien du tout. Il faudrait que je sente quelque chose maintenant ? »

Le docteur a dit quelque chose très vite au jeune garçon en espagnol. Le jeune garçon n'a pas répondu.

« Détendez-vous, a dit le docteur à l'adolescente. Laissez-vous aller un peu. »

Tous les trois alors, ils y sont allés très vite, en espagnol. Il y avait, semble-t-il, un ennui et alors le docteur a dit quelque chose très vite en espagnol à la fille mexicaine. Cela finissait par : « ¿ Como se dice treinta ? »

« Trente », a dit la fille mexicaine en anglais.

« Écoutez-moi, a dit le docteur. Il était penché sur l'adolescente. Vous allez compter jusqu'à trente à voix haute. D'accord ? »

« D'accord », a-t-elle dit en souriant, mais, pour la première fois, il y avait un peu de fatigue dans sa voix.

Cela commençait à marcher.

« 1 2 3 4 5 6... Là, il y a eu une pause. 7 8 9... » Il y a eu une autre pause, mais, cette fois, un peu plus longue que la première.

« Jusqu'à trente », a dit le docteur.

« 10 11 12. »

Et ça s'est totalement arrêté.

« Jusqu'à trente », a dit le jeune garçon. Il avait une voix douce et calme, comme celle du docteur. Leurs voix étaient pile et face d'une même pièce.

« Qu'est-ce qui vient après 12 ? disait l'adolescente avec un petit rire nerveux. Oh, je sais ! 13. Elle était très heureuse que 13 vînt après 12. 14 15 15 15. »

« Vous avez dit 15 », a dit le docteur.

« 15 », a dit l'adolescente.

« Et après, qu'est-ce qu'il y a ? » a dit le jeune garçon.

« 15 », a dit l'adolescente d'une voix très lente et triomphale.

« Et après ? » a dit le docteur.

« 15, disait l'adolescente. 15. »

« Allez, voyons », a dit le docteur.

« Et après, qu'est-ce qu'il y a ? » a dit le jeune garçon.

« Qu'est-ce qui vient après ? » a dit le docteur.

La fille n'a rien dit.

Eux non plus n'ont rien dit. Tout était très calme dans la pièce. J'ai regardé Vida. Elle aussi était très calme.

Soudain, le silence de la salle d'opération a été rompu par la fille mexicaine qui disait : « 16. »

« Quoi ? » a dit le docteur.

« Rien », a dit la fille mexicaine et alors ont commencé le langage et les silences de l'avortement.

Études à l'ardoise

Vida était étendue, douce et calme, comme de la poussière de marbre, sur le lit. Elle n'avait pas encore montré le moindre signe de conscience, mais je n'étais pas inquiet car sa respiration était régulière.

Aussi restais-je assis où j'étais, écoutant l'avortement qui se passait dans la pièce voisine et regardant Vida et les lieux où je me trouvais : cette maison, au Mexique, si loin de ma bibliothèque de San Francisco.

Le petit radiateur à gaz continuait selon son bon plaisir, car il faisait frais entre les quatre murs d'adobe.

Notre chambre était au centre d'un labyrinthe.

D'un côté, il y avait un petit couloir qui passait devant la porte ouverte des toilettes et aboutissait à la cuisine.

La cuisine était à quelques mètres de l'endroit où Vida était étendue, inconsciente, le ventre sans rien ni personne, comme une ardoise effacée. Je voyais le réfrigérateur et l'évier de la cuisine, ainsi qu'un poêle avec, dessus, quelques casseroles.

De l'autre côté de notre chambre se trouvait une porte qui donnait sur une pièce immense, presque un gymnase, et, donnant sur le gymnase, il y avait encore une autre pièce.

La porte était ouverte et il y avait dans cette pièce l'obscure abstraction d'un autre lit, pareil à un gros animal plat et endormi.

J'ai regardé Vida encore submergée par l'absence et j'écoutais l'avortement qui se terminait dans la salle d'opération.

Soudain, il y a eu un doux fracas symphonique d'instruments chirurgicaux et j'ai entendu le bruit du nettoyage qui allait s'ajouter à une nouvelle ardoise.

Mon troisième avortement

Le docteur a traversé la chambre, portant l'adolescente dans les bras. Bien que le docteur fût petit de stature, il était très fort et la portait sans difficulté aucune.

Elle avait l'air très silencieuse et inconsciente. Ses cheveux pendaient étrangement sur les bras du docteur, en une confusion blonde. Il a emporté l'adolescente dans le petit gymnase puis dans la pièce adjacente où il l'a posée sur l'obscur lit semblable à un animal.

Puis il est revenu, a fermé la porte de notre chambre et il a disparu vers les franges du labyrinthe pour revenir bientôt accompagné par les parents de l'adolescente.

« Tout s'est bien passé, disait-il. Pas de douleur, très propre. »

Ils ne lui ont rien dit et il est revenu dans notre chambre. Les gens, pendant qu'il franchissait le seuil, le regardaient et ils ont vu Vida allongée et moi assis auprès d'elle.

Je les ai regardés et ils m'ont regardé avant que la porte ne se referme. Leur visage était un paysage transi et désolé.

Le jeune garçon est entré dans la chambre, le seau à la main, et il est allé jusqu'aux toilettes et il a jeté le fœtus et les restes de l'avortement dans la cuvette.

J'ai entendu le bruit de la chasse d'eau et, juste après, l'éclair des instruments que l'on stérilisait au feu.

C'était encore le rituel antique de l'eau et du feu qui recommençait à neuf pour finir à nouveau, encore et encore, aujourd'hui, au Mexique.

Vida était étendue, inconsciente. La jeune Mexicaine est entrée et l'a regardée. « Elle dort, a-t-elle dit. Tout s'est très bien passé. »

Elle est retournée à la salle d'opération et alors la

femme suivante est entrée dans la salle. C'était « l'autre » dont la jeune Mexicaine avait parlé tout à l'heure et qui devait venir. Je ne savais pas à quoi elle ressemblait, car elle était venue après nous.

« Est-ce qu'elle a mangé quelque chose depuis ce matin ? » dit le docteur.

« Non », dit un homme d'une voix sévère. On aurait dit qu'il parlait de lancer une bombe H sur quelqu'un qui ne lui plaisait pas.

Cet homme était le mari. Il était entré dans la salle d'opération. Il avait décidé qu'il voulait assister à l'avortement. C'étaient des gens extrêmement tendus et la femme ne dit, en tout et pour tout, que trois mots pendant tout ce temps. Après l'injection, il l'a aidée à se déshabiller.

Il s'est assis pendant que l'on attachait les jambes de sa femme sur la table d'opération. Elle devait déjà être inconsciente, car, à peine l'avait-on mise en position, que l'opération a, tout de suite, commencé.

Cet avortement-là fut fait automatiquement, comme une machine. Il y eut très peu de conversation entre le docteur et ses assistants.

Je sentais la présence de l'homme dans la salle d'opération. Il était là comme une statue en train de regarder, comme s'il attendait qu'un musée vienne les prendre, lui et sa femme. Je n'ai pas vu la femme.

Après l'avortement, le docteur était fatigué et Vida était toujours étendue, inconsciente. Le docteur est entré dans la pièce et il a regardé Vida.

« Pas encore », a-t-il dit, répondant lui-même à sa question.

J'ai dit non, faute d'avoir autre chose à faire avec ma bouche.

« C'est OK, a-t-il dit. Parfois, cela arrive. »

Le docteur avait l'air d'un homme affreusement las. Dieu sait combien d'avortements il avait pratiqués ce jour-là.

Il s'est approché et s'est assis sur le lit. Il a pris la main de Vida et lui a tâté le pouls. Puis, il lui a soulevé une paupière. L'œil de Vida le regardait depuis plusieurs milliers de kilomètres.

« Tout va bien, a-t-il dit. Elle sera revenue dans quelques instants. »

Il est entré dans le cabinet de toilette et s'est lavé les mains. Quand il a fini de se laver les mains, le jeune garçon est entré avec son seau et a réglé la question selon le mode habituel.

La fille nettoyait la salle d'opération. Le docteur avait posé la femme sur la table d'auscultation dans un coin de la salle d'opération.

C'était pas mal de travail, rien que s'occuper du transport des corps.

« HOOOOOOOOOOOOOOOOOOOO ! » La voix venait de la pièce du fond, là où le docteur avait laissé l'adolescente. HOOOOOOOOOOU ! C'était une voix d'ivrogne sentimental. C'était l'adolescente. « HOOOOOOOOOOU ! »

« 16 ! » a-t-elle dit, puis : « JE HOOOOOOOOOU ! »

Ses parents lui parlaient à l'oreille à voix basse et d'un ton préoccupé et sérieux. C'étaient des gens d'une affreuse respectabilité.

« HOOOOOOOOOOOOO ! »

Les parents ne savaient pas quelle contenance prendre, comme si leur fille s'était soûlée pendant un dîner de famille et qu'ils essayaient de masquer la chose.

« HOOOOOOOOOOOOO ! Ça fait tout drôle ! »

Silence total du côté du couple qui se trouvait dans la salle d'opération. Le seul bruit venait de la jeune Mexicaine. Le jeune garçon était repassé par notre pièce puis était parti ailleurs dans l'immeuble. Il n'est jamais revenu.

Quand la jeune fille a fini de nettoyer la salle

d'opération, elle est allée dans la cuisine et a commencé à griller un gros bifteck pour le docteur.

Elle a sorti une canette de bière du réfrigérateur et en a versé un grand verre au docteur. Il s'est assis à la table. Je l'entrevoyais en train de boire sa bière.

Puis Vida s'est mise à remuer dans son sommeil. Elle a ouvert les yeux. Ils n'ont rien vu pendant environ un instant, puis ils m'ont vu.

« Salut », a dit Vida d'une voix distante.

« Salut », ai-je dit en souriant.

« J'ai la tête qui tourne », a-t-elle dit en se rapprochant.

« Ne t'inquiète pas, ai-je dit. Tout va bien. »

« Ah, tant mieux », a-t-elle dit. Et voilà.

« Reste tranquille et laisse venir », ai-je dit.

Le docteur s'est levé de table et est entré dans la chambre. Il tenait son verre de bière à la main.

« Elle revient à elle », a-t-il dit.

« Oui », ai-je dit.

« Très bien, a-t-il dit. Très bien. »

Il a pris son verre de bière et il est retourné dans la cuisine et il s'est rassis. Il était très fatigué.

Alors j'ai entendu dans la chambre près du gymnase les gens qui rhabillaient leur fille. Ils étaient pressés de partir. On avait l'impression d'entendre habiller un ivrogne.

« J'peux pas lever les bras », disait la fille.

Ses parents lui ont dit quelque chose d'un air sévère et la fille a levé les bras, mais ils avaient tant de mal à lui passer son petit soutien-gorge que, finalement, ils ont renoncé et la mère a mis le soutien-gorge dans son sac.

« HOOOOOOOOOOOOOU ! Ce que j'ai la tête qui tourne ! » disait la fille tandis que ses parents, mi la portant, mi la traînant, l'emportaient.

J'ai entendu le bruit de portes qu'on referme puis tout retomba dans le silence et il n'y avait que le bruit du steak dans la cuisine.

Le steak du docteur était en train de cuire dans une poêle très chaude et cela faisait beaucoup de bruit.

« Qu'est-ce que c'est ? » dit Vida. Je ne savais pas si elle voulait parler du bruit de la fille qui s'en allait ou bien du bruit du steak en train de cuire.

« C'est le docteur qui prend son déjeuner », dis-je.

« Il est si tard que ça ? » dit-elle.

« Oui », dis-je.

« Je suis partie longtemps », dit-elle.

« Oui, dis-je. Bientôt, il va falloir s'en aller, mais pas avant que tu te sentes d'attaque. »

« Je vais voir ce que je peux faire », dit Vida.

Le docteur est revenu dans la pièce. Il était nerveux parce qu'il avait faim, qu'il était fatigué et qu'il voulait fermer un peu les lieux pour pouvoir se reposer un peu.

Vida a levé les yeux vers lui et il a souri et a dit : « Vous voyez, pas de douleur. Tout est magnifique. Vous êtes très gentille. »

Vida a souri, très faiblement, et le docteur est retourné dans la cuisine voir son steak qui, pour alors, était prêt.

Pendant que le docteur prenait son déjeuner, Vida s'est lentement assise sur le lit et je l'ai aidée à s'habiller. Elle a tenté de se mettre debout, mais c'était trop difficile et il a fallu que je l'assoie à nouveau quelques instants sur le bord du lit.

Assise sur le bord du lit, elle s'est peignée puis elle a essayé, à nouveau, de se lever, mais elle n'en avait pas encore la force et elle s'est rassise sur le bord du lit.

« Je tangue encore un peu », a dit Vida.

« Ce n'est rien. »

Dans l'autre pièce, la femme est revenue à elle et son mari, presque instantanément, la rhabillait en disant avec un triste accent d'émigrant de l'Oklahoma : « Allez, allez, allez, allez. »

« Je suis fatiguée », dit la femme, épuisant en une seule fois les 2/3 de son vocabulaire.

« Allez », dit l'homme en l'aidant à remettre encore un quelque chose.

Quand il a fini de l'habiller, il est venu dans notre chambre et a regardé partout pour chercher le docteur. Il a eu l'air très embarrassé lorsqu'il a vu Vida assise au bord du lit en train de se peigner.

« Docteur ? » a-t-il dit.

Le docteur a laissé son steak et il est venu dans l'embrasure de la porte de la cuisine. L'homme s'est avancé dans sa direction puis s'est arrêté net après quelques pas.

Le docteur est entré dans notre pièce.

« Oui », a-t-il dit.

« Je ne sais plus où j'ai laissé ma voiture », a dit l'homme. « Est-ce que vous pouvez m'appeler un taxi ? »

« Vous avez perdu votre voiture ? » a dit le docteur.

« Je l'ai laissée près de Woolworth, mais je ne me souviens plus où est Woolworth, a dit l'homme. Une fois dans le centre, je saurai retrouver Woolworth. Mais je ne sais pas où est le centre. »

« Le jeune garçon va revenir, a dit le docteur. Il va vous emmener dans sa voiture. »

« Merci, a dit l'homme en retournant avec sa femme dans la pièce voisine. Tu as entendu ? » lui a-t-il dit.

« Oui », a-t-elle dit, l'épuisant cette fois totalement.

« On va attendre », dit-il.

Vida m'a regardé et je lui ai souri et j'ai pris sa main et l'ai portée à mes lèvres et l'ai embrassée.

« On essaie encore une fois », dit-elle.

« D'accord », ai-je dit.

Elle a essayé à nouveau et, cette fois, ça allait. Elle est restée un moment debout sans bouger, puis elle a dit : « Ça y est. J'y suis. On peut y aller. »

« Tu es sûre d'y être ? » ai-je dit.

« Oui. »

J'ai aidé Vida à passer son pull. Le docteur nous regardait de la cuisine. Il a souri, mais n'a rien dit. Il avait fait ce qu'il avait à faire et maintenant nous faisions ce que nous avions à faire. Nous sommes partis.

Nous avons erré un peu de la chambre au gymnase, puis nous avons trouvé, à travers diverses gradations de fraîcheur, le chemin de la sortie.

C'était toujours le même ciel couvert et gris et pourtant nous fûmes abasourdis par la lumière et soudain tout fut bruyant, plein de voitures, pauvre et triste, poussiéreux, mexicain.

C'était comme si nous avions été dans une capsule hors du temps et maintenant nous sortions à nouveau, libres, au vaste monde.

Les enfants jouaient toujours en face de la maison du docteur et, à nouveau, ils arrêtèrent leurs jeux pour observer deux gringos cligner des yeux et, se tenant, s'agrippant, se tenant l'un l'autre, remonter lentement la rue pour disparaître dans un monde sans eux.

LIVRE SIXTE

Le héros

Derechef le grand magasin

Précautionneusement, d'une lente démarche avortée, nous avons repris le chemin du centre de Tijuana, entourés de gens qui nous traquaient pour nous vendre des choses que nous ne voulions pas acheter.

Nous avions déjà tout ce que nous étions venus chercher à Tijuana. Je tenais Vida par la taille. Elle allait bien. Juste un peu faible.

« Comment te sens-tu ? » lui ai-je dit.

« Très bien, a-t-elle dit. Juste un peu faible. » Nous avons alors vu un vieillard embusqué, comme un morceau de chewing-gum, pareil à la mort, dans le coin d'une vieille station-service délabrée.

« Holà ! La jolie fille ! »

Les Mexicains continuaient de réagir devant la beauté maintenant pâle de Vida.

Vida esquissait pour moi un sourire lorsqu'un chauffeur de taxi, dans un grand geste dramatique, stoppa net sa voiture près de nous et, se penchant par la portière, émit un gigantesque sifflement entre ses doigts puis cria : « Ahou ! Vous voulez un taxi, ma jolie ? »

Nous avons retrouvé la grand-rue de Tijuana et la vitrine de Woolworth avec les lapins de Pâques dans la vitrine.

« J'ai faim, dit Vida. Elle était fatiguée. J'ai tellement faim. »

« Il faut que tu manges quelque chose, ai-je dit.

Entrons voir si on peut trouver un peu de soupe. »

« La soupe, ce serait bon, a-t-elle dit. Il me faut quelque chose à manger. »

Nous avons laissé le tumulte poussiéreux de la grand-rue de Tijuana pour pénétrer dans l'espace moderne, hygiénique et incongru de Woolworth. Une très jolie Mexicaine a pris notre commande au bar. Elle nous a demandé ce que nous désirions.

« Que désirez-vous ? » a-t-elle dit.

« Elle voudrait de la soupe, ai-je dit. De la soupe de coques. »

« Oui », a dit Vida.

« Et vous ? » a dit la serveuse en très bon anglais Woolworth.

« Pourquoi pas une glace à la banane ? » ai-je dit.

Pendant que la serveuve s'occupait de nous, je tenais la main de Vida. Elle a penché la tête vers le creux de mon épaule. Ensuite, elle a souri et elle a dit : « Tu as devant toi la future partisane la plus acharnée que la pilule ait jamais eue. »

« Comment te sens-tu ? » ai-je dit.

« Juste comme si je venais de me faire avorter. »

La serveuse nous a apporté nos plats. Pendant que Vida s'occupait lentement de sa soupe, je m'occupais de ma glace à la banane. C'était la première glace à la banane que je prenais depuis des années.

C'était un menu inattendu pour pareil jour, mais ce menu n'était pas différent de tout ce qui nous était survenu depuis que nous étions arrivés au royaume de Tijuana pour profiter des plaisirs et distractions offerts par cette station.

Pendant tout le trajet du retour en Amérique, le chauffeur de taxi ne quitta pas Vida des yeux. Ses yeux nous regardaient depuis le rétroviseur, comme si cet homme avait deux visages dont l'un était un miroir.

« Alors, vous vous êtes bien amusés à Tijuana ? » a-t-il dit.

« Beaucoup, ai-je dit. Une vraie partie de plaisir. »

« Qu'est-ce que vous avez fait ? » a-t-il dit.

« On s'est fait avorter », ai-je dit.

« HAHAHAHAHAHAHAHAHA !
VOUS ÊTES UN MARRANT, VOUS ! »
a dit le chauffeur en riant.
Le chauffeur riait.
Vida souriait.
Adieu, Tijuana.
Royaume de l'eau et du feu.

Derechef l'Hôtel Vert

Notre réceptionnaire nous attendait, tout sourires et questions. J'ai le soupçon qu'il buvait pendant le service. Il était si aimable que c'en était louche.

« Vous avez vu votre sœur ? » demanda-t-il à Vida avec un grand sourire de fausses dents.

« Quoi ? » dit Vida. Elle était fatiguée.

« Oui, oui, dis-je. Nous l'avons vue. Elle était juste pareille au souvenir que nous avions d'elle. »

« Même plus », dit Vida attrapant le jeu par la queue.

« Tant mieux alors, dit le réceptionnaire. Les gens, il ne faudrait jamais qu'ils changent. Il faudrait qu'ils restent toujours pareils. Ils sont beaucoup plus heureux comme ça. »

J'ai aussitôt essayé cette maxime pour voir comment elle tombait et j'ai réussi à garder mon sérieux. La journée avait été longue.

« Ma femme se sent un peu fatiguée, ai-je dit. Je crois que nous allons monter dans notre chambre. »

« Les parents, c'est fatigant, parfois. C'est l'émotion qui fait ça. Le fait de renouer les liens de famille. »

« Oui », ai-je dit.

Il nous a donné la clef de la chambre de sa mère.

« Je peux vous conduire à votre chambre, si vous avez oublié le chemin », dit-il.

« Non, ce n'est pas la peine, ai-je dit. Je me souviens du chemin. Et j'ai pris les devants sur lui en disant : C'est une si jolie chambre. »

« N'est-ce pas ? » a-t-il dit.

« Une très jolie chambre », a dit Vida.

« Ma mère était si heureuse là-haut », a-t-il dit.

Nous sommes montés par l'ascenseur et j'ai ouvert la porte avec la clef. « Touche pas au lit ! ai-je dit en entrant. Pas touche ! » ai-je répété.

« Quoi ? » a dit Vida.

« Le fantôme de maman ! » ai-je dit.

« Oh ! »

Vida s'est allongée sur le lit et a fermé les yeux. Je lui ai enlevé ses chaussures pour qu'elle soit plus à son aise.

« Comment te sens-tu ? » ai-je dit.

« Un peu fatiguée. »

« On n'a qu'à faire un somme », ai-je dit en la glissant sous les couvertures et en m'allongeant à ses côtés.

Nous avons dormi environ une heure, puis je me suis réveillé. Le fantôme de maman était en train de se brosser les dents et je lui ai dit de rester dans la salle de bains tant que nous ne serions pas partis. Elle est entrée dans la salle de bains et a fermé la porte derrière elle.

« Hé, vous ! » ai-je dit. Vida a remué dans son sommeil puis a ouvert les yeux.

« Quelle heure est-il ? » a-t-elle dit.

« A peu près le milieu de l'après-midi », ai-je dit.

« A quelle heure est l'avion ? » a-t-elle dit.

« A 6 heures 25, ai-je dit. Tu crois qu'on peut le prendre ? Parce que sinon, on peut passer la nuit ici. »

« Non non, ça va, a-t-elle dit. Retournons à San Francisco. Je n'aime pas San Diego. Je veux sortir d'ici et laisser tout ça derrière moi. »

Nous nous sommes levés et Vida s'est lavé le visage et s'est arrangée un peu et elle s'est sentie beaucoup mieux, bien qu'encore un peu faible.

J'ai dit au revoir au fantôme de la maman de l'Hôtel à travers la porte de la salle de bains et Vida aussi : « Au revoir, madame le fantôme », a-t-elle dit.

Nous sommes descendus par l'ascenseur pour aller voir le réceptionnaire dont j'avais le soupçon qu'il buvait pendant les heures de service.

Il sursauta de me voir, mon sac KLM à la main en train de lui rendre la clef de la chambre.

« Et vous ne restez pas passer la nuit ? » dit-il.

« Non, dis-je. Nous avons décidé de dormir chez sa sœur. »

« Et vos ronflements ? » dit-il.

« Je vais aller voir un médecin à ce sujet, dis-je. Je ne peux pas passer ma vie à essayer d'échapper à mes ronflements. Je ne peux pas continuer ainsi à esquiver et à jouer à cache-cache. Ce coup-ci j'ai décidé de faire front. Comme un homme. »

Vida me donna des yeux une petite bourrade dans les côtes pour me dire que, cette fois, j'allais un peu loin, aussi décidai-je de faire un peu marche arrière. « C'est un très joli hôtel que vous avez là et je le recommanderai à tous mes amis lorsqu'ils viendront visiter San Diego. Combien vous dois-je ? »

« Merci, dit-il. Vous ne me devez rien. Vous êtes un ami de Foster. Mais vous n'êtes même pas restés passer la nuit. »

« Ne vous en faites pas, ai-je dit. Vous avez été très aimable. Merci et au revoir. »

« Au revoir, a dit le réceptionnaire. Et revenez une fois que vous pourrez passer la nuit. »

« Comptez sur nous », ai-je dit.

« Au revoir », a dit Vida.

Soudain, il a eu un petit accès de désespoir paranoïde.

« Ce n'est pas parce que la chambre ne vous a pas plu, si ? a-t-il dit. C'était la chambre de ma mère. »

« Pas du tout, ai-je dit. Tout était parfait. »

« C'est un merveilleux hôtel, a dit Vida. C'était une très belle chambre. Vraiment très belle. »

Vida semblait l'avoir calmé parce qu'en nous accompagnant jusqu'à la porte, il nous a dit : « Ne manquez pas de saluer votre sœur de ma part. »

Ce qui nous a donné matière à réflexion pendant que nous roulions vers l'aéroport de San Diego blottis l'un contre l'autre sur le siège arrière d'un taxi où le chauffeur, un Américain cette fois, ne quitta pas un instant Vida des yeux dans le rétroviseur.

Lorsque nous sommes montés dans le taxi, le chauffeur a dit : « C'est pour où ? »

Je croyais qu'il suffisait de dire :

« A l'aéroport international, s'il vous plaît » et que c'était tout simple.

Il n'en était rien.

« Vous voulez dire l'aéroport international de San Diego, c'est ça ? C'est bien là que vous voulez aller, n'est-ce pas ? »

« Oui », ai-je dit, sachant tout d'un coup que quelque chose n'allait pas.

« Je voulais simplement être sûr, a-t-il dit. Parce que j'ai eu un client, l'autre jour, qui voulait aller à l'aéroport international, mais c'était à l'aéroport international de Los Angeles qu'il voulait aller. C'est pour ça que, maintenant, je fais préciser. »

Que n'y avais-je pensé plus tôt !

« Et vous l'avez emmené ? » ai-je dit. Je n'avais pas le choix et manifestement, dans cette conversation avec le chauffeur de taxi, ce n'était pas moi qui avais l'initiative.

« Oui », a-t-il dit.

« C'est peut-être qu'il avait peur de monter en avion », ai-je dit.

Mais le chauffeur de taxi n'a pas saisi la plaisanterie parce qu'il était en train de regarder Vida dans le rétroviseur et Vida, qui avait entendu ce que je venais de dire, était en train de me regarder, perplexe.

Le chauffeur de taxi continuait à regarder Vida. Il faisait très peu attention à la route. Manifestement, c'était dangereux d'être dans un taxi avec Vida.

J'ai noté cela mentalement, pour plus tard, de manière que la beauté de Vida ne mette pas, un jour, en péril nos vies.

Pourboires, ou l'abîme de perplexité international de San Diego (et non Los Angeles)

Malheureusement, le chauffeur n'eut pas l'air très heureux du pourboire que je lui donnai. Le prix au compteur était à nouveau d'un dollar et dix cents et, me souvenant de ce qui s'était passé avec le premier chauffeur de taxi, je montai cette fois le pourboire à trente cents.

Il eut l'air stupéfait de ce pourboire de trente cents et ne voulut plus nous parler ni rien. Vida elle-même n'eut plus aucun effet après ce pourboire de trente cents.

De sorte que je me demande : lorsqu'on prend un taxi pour aller à l'aéroport de San Diego, combien, au juste, faut-il donner de pourboire ?

Notre avion ne partait pas avant une heure. Vida avait assez faim. Nous avons pris quelque chose à la cafétéria. Il était environ 5 heures 30.

Nous avons pris chacun un hamburger. C'était la première fois depuis des années que je mangeais un hamburger mais, et expérience faite, ce n'était pas très bon. C'était plat et faux.

Vida, toutefois, trouva le sien bon.

« C'est parce que tu as oublié ce que doit être un hamburger, dit-elle. Tu as passé trop de temps dans ton monastère, et ton goût s'est perdu. »

Il y avait deux femmes assises à côté de nous. L'une d'elles avait des cheveux couleur platine et un manteau de vison. C'était une femme entre deux âges et elle parlait avec une autre plus jeune et jolie qui, à son tour, parlait de son mariage et de la coiffure que porteraient ses demoiselles d'honneur.

Côté jambes, la fille était jolie mais côté poitrine, elle laissait un peu à désirer. Ou était-ce que j'étais un enfant gâté ? Elles quittèrent la table sans laisser de pourboire.

Adieu, San Diego

J'ai regardé de plus près l'aéroport de San Diego. C'était une petite chose sans complications ni machins à la *Playboy*. Les gens étaient là pour travailler, pas pour être beaux.

Il y avait une pancarte qui disait à peu près ceci : Prière de réclamer les animaux voyageant comme bagages accompagnés au quai marchandises de l'aéroport.

Vous pouvez parier votre oreille gauche contre une botte de carottes que ce n'est pas à San Francisco qu'on verrait une pancarte pareille.

Un homme jeune marchant avec des béquilles nous croisa, accompagné par trois hommes plus vieux, tandis que nous allions prendre notre avion. Tous regardèrent Vida, mais l'homme jeune plus fort que les autres.

On était loin du beau salon d'embarquement des Pacific South-Western Lines de San Francisco ici, à San Diego, en train d'attendre près d'une clôture en fil de fer le moment de monter dans notre avion qui avait l'air d'un requin et qui émettait un sifflement suraigu de vapeur, impatient qu'il était de s'envoler très haut.

Le soir qui tombait sur nous avec les palmiers de l'autoroute était un soir gris et froid. Les palmiers lui donnaient l'air encore plus gris et froid qu'il n'était. Ils semblaient déplacés dans ce froid.

Il y avait une fanfare militaire qui jouait près d'un avion stationné sur la piste, mais c'était trop loin pour qu'on sache pourquoi elle jouait. Peut-être une personnalité qui arrivait ou qui partait. Ils jouaient faux. On aurait dit mon hamburger.

Mon talisman secret pour toujours

On nous a redonné nos vieux sièges, au-dessus de l'aile, et j'étais à nouveau assis près du hublot. Soudain, en douze secondes, il fit nuit. Vida était calme, fatiguée. Il y avait une petite lumière au bout de l'aile. J'ai fini par l'aimer, cette lumière, tout là-bas dans l'obscurité, comme un phare allumé à vingt-trois miles au large et j'en ai fait mon talisman secret pour toujours.

Un jeune prêtre était assis de l'autre côté de l'allée centrale. Au cours du bref vol jusqu'à Los Angeles, il eut le temps de s'éprendre de Vida.

Au début, il essaya de faire comme si de rien n'était, mais, au bout d'un moment, il se rendit et une fois, il se pencha dans l'allée et il allait dire quelque chose à Vida. Il allait vraiment lui dire quelque chose, mais il s'est brusquement ravisé.

Et je continuerai sans doute longtemps à me demander ce qu'il aurait dit à mon pauvre amour avorté qui, bien que faible et fatiguée par les us de Tijuana, était quand même la plus belle chose qu'il y eût ce jour-là dans le ciel au-dessus de la Californie, le ciel qui s'en allait, très vite, vers Los Angeles.

Après le penchant du prêtre pour Vida, je me mis à penser à Foster qui était resté à la bibliothèque : comment s'était-il occupé des livres venus pendant la journée ?

J'espérais qu'il les avait accueillis comme il fallait et qu'il avait, aussi bien que moi, donné l'impression aux auteurs qu'on avait désiré leur venue.

« Eh bien, nous serons bientôt rentrés chez nous », me dit Vida après un long silence tout bruissant de pensées. L'on vit, lorsque Vida parla, le visage que s'était fait le prêtre vibrer d'émoi.

« Justement, dis-je. C'est à cela que je pensais. »

« Je sais, dit-elle. J'entendais le bruit dans ta tête. A mon avis, tout va très bien à la bibliothèque. Foster fait du bon travail. »

« Toi aussi », dis-je.

« Merci, dit-elle. Ce sera bon d'être à la maison. De retrouver la bibliothèque et un peu de sommeil. »

J'étais très content d'entendre que la bibliothèque était pour elle sa maison. J'ai regardé par le hublot pour voir si mon talisman était toujours là. Je l'aimais autant que, au voyage aller, la tache de café et ses bavures.

Peut-être et onze

Les choses sont différentes, la nuit. Les maisons et les villes tout là-bas exigent leur beauté et l'obtiennent parmi ces lumières lointaines qui scintillent avec une incroyable passion. Atterrir à Los Angeles, c'était comme atterrir à l'intérieur d'un diamant.

Le prêtre ne voulait pas descendre de l'avion à Los Angeles, mais il fallut pourtant, parce que c'était là qu'il allait. Peut-être que Vida lui rappelait quelqu'un. Peut-être qu'il avait eu une mère très belle et qu'il n'avait pas su comment prendre la chose et c'est cela qui l'avait poussé à prendre l'habit et maintenant, de voir à nouveau cette beauté dans Vida, c'était pour lui comme tourbillonner à la renverse dans les miroirs du temps passé.

Peut-être pensait-il à quelque chose de totalement autre que ce à quoi j'avais jamais pensé dans ma vie et peut-être qu'il avait des pensées d'un ordre très élevé et dont on aurait dû faire des statues... Peut-être. Mais, pour citer Foster, « Il y a trop de peut-être dans le monde, et pas assez de gens. »

Je me posai des questions, soudain, au sujet de ma bibliothèque et le prêtre me manqua lorsque, finalement, il partit pour se mêler à Los Angeles, pour ajouter sa quote-part à l'immense ville et emporter dans l'on ne sait où le souvenir de Vida.

« Tu as vu ça ? » dit Vida.

« Oui », dis-je.

« C'est comme ça depuis que j'ai onze ans », dit-elle.

Fresno, et, en trois minutes, Salinas

Sur ce vol, les hôtesses étaient fantastiquement dénuées de toute profondeur, esquisses de femmes tracées dans un monde sans autre caractère que le chromo de leur sourire. Toutes, bien entendu, étaient belles.

L'une d'elles poussait un petit chariot dans l'allée centrale et essayait de nous vendre des cocktails. Elle avait en guise de voix une petite mélopée inhumaine qui, j'en mettrais ma main au feu, avait été préenregistrée par ordinateur.

« Cocktail »

« Cocktail »

« Cocktail »

Et elle dévalait le ciel en poussant son petit chariot.

« Cocktail »

« Cocktail »

« Cocktail »

Il n'y avait pas de lumières en bas.

Brille, brille, ô mon talisman.

J'ai appuyé mon nez contre le hublot et j'ai regardé très fort et j'ai vu une étoile et j'ai fait un vœu mais je ne dirai pas lequel. Après tout, pourquoi ? Vous pouvez vous faire servir un cocktail par mademoiselle Zéro et trouver après cela votre étoile à vous. Il y en a une pour chacun dans le ciel.

Derrière nous, deux femmes parlèrent rouge à ongles pendant les trente-neuf minutes de vol de Los Angeles à San Francisco. L'une d'elles trouvait que les ongles sans vernis, il fallait les écraser sous les rocs.

Vida n'avait pas de vernis aux ongles, mais cela lui était égal et elle ne prêta aucune attention à la conversation des deux femmes.

De temps en temps, l'avion se cabrait devant un cheval invisible dans le ciel mais cela ne m'inquiétait pas parce que j'étais en train de tomber amoureux de ce jet 727, de ma maison du ciel, de mon amour du ciel.

Le pilote, ou du moins une voix masculine, nous dit qu'en regardant par le hublot nous verrions les lumières de Fresno et que nous étions à 3 minutes et demie des lumières de Salinas.

Déjà je guettais Salinas, mais il s'est passé quelque chose dans l'avion. Une des deux femmes avait, il y a dix ans, renversé un flacon de vernis à ongles sur son chat et j'ai détourné un instant les yeux du hublot pour méditer sur cet incident et j'ai manqué Salinas, alors j'ai regardé mon talisman et j'ai fait comme si c'était Salinas.

Le saint patron de l'avortement

Nous étions sur le point d'atterrir à San Francisco lorsque les deux femmes ont terminé leur conversation sur le vernis à ongles.

« J'aimerais mieux être morte que d'être surprise sans vernis sur mes ongles », disait l'une.

« Comme je vous comprends », disait l'autre.

Nous n'étions plus qu'à trois kilomètres de l'atterrissage et je voyais l'aile qui menait comme une noire autoroute jusqu'à mon talisman. C'était presque comme si nous allions atterrir sans aile ; juste un talisman.

Ah ! l'aile réapparut comme par magie juste à l'instant où nous touchions le sol.

Il y avait des militaires partout dans l'aérogare. On aurait dit un campement d'armée en opérations. Ils chaviraient en voyant Vida. Elle était en train d'augmenter d'environ trois tonnes le capital de sperme de l'armée américaine cependant que nous traversions le bâtiment pour retrouver notre camion au parking.

Vida eut également un certain effet sur la population civile. A cause d'elle, un homme aux allures de banquier alla buter contre une femme de type oriental qui, sous le choc, tomba à terre. Elle était assez surprise parce qu'elle venait de descendre de l'avion de Saigon et, pour une première visite en Amérique, elle ne s'attendait pas du tout à chose pareille.

Hélas, encore une victime de l'effet Vida.

« Comment te sens-tu ? » dis-je, mon bras autour de sa taille.

« Je suis contente d'être rentrée », dit Vida.

Bien que l'aéroport international de San Francisco se comportât comme un palais cybernétique de style *Playboy* et essayât sur nous une chose à laquelle nous n'étions pas encore tout à fait prêts, j'eus néanmoins la sensation que l'aéroport international était notre premier chez-nous depuis le départ de Tijuana.

J'étais pressé de retourner à la bibliothèque et de voir Foster.

La statue, œuvre de Bufano, nous attendait avec cette paix que nous ne comprenions pas et ces gens étranges attachés comme des projectiles à un obus géant.

En montant dans le camion, je pensai qu'il devrait y avoir une statue du Saint Patron de l'Avortement (qui qu'il soit !) quelque part dans le parking de l'aéroport. Pour les milliers de femmes qui ont fait ce voyage, dont Vida et moi venions de revenir, jusqu'au royaume du feu et de l'eau, là où les attendaient les mains du Dr Garcia et de ses associés du Mexique.

Dieu merci, le camion avait une atmosphère intime et calme. Il était comme l'écho de Foster dans ses odeurs et ses manières. Cela faisait du bien de se retrouver dans une histoire de Californie.

J'ai posé ma main sur le ventre de Vida et elle y est restée à la poursuite des lanternes rouges des voitures qui s'enfuyaient devant nous comme des roses sur le chemin de San Francisco.

La vie est morte vive la vie

En revenant à la bibliothèque, la première chose que nous avons vue, ce fut Foster assis dehors sur les marches. Avec, sur le dos, son traditionnel T-shirt, bien qu'il fît déjà nuit et froid.

L'intérieur de la bibliothèque était allumé et je me demandais ce que Foster pouvait bien faire assis dehors sur les marches. A première vue, cela ne semblait pas la bonne manière de s'occuper d'une bibliothèque.

Foster s'est levé et il nous a fait un grand signe amical de la main.

« Hé, salut les grands voyageurs ! a-t-il dit. Comment ça s'est passé ? »

« Très bien, ai-je dit en descendant du camion. Qu'est-ce que vous faites là ? »

« Et vous, jolie ? Ça va ? » a dit Foster à Vida.

« Très très bien », a dit Vida.

« Pourquoi n'êtes-vous pas à l'intérieur ? » ai-je dit.

« Pas trop fatiguée, ma jolie ? » a dit Foster à Vida en la prenant gentiment par les épaules.

« Un peu », a-t-elle dit.

« Bah, c'est normal, mais ça va passer. »

« Et la bibliothèque ? » ai-je dit.

« Eh bien je suis bien content, a dit Foster à Vida. Je suis bien content de vous voir. Vous avez l'air splendide, un million de dollars en petite monnaie. Ce que vous êtes belle à regarder quand même ! » Il l'a embrassée sur la joue.

« Et la bibliothèque ? » ai-je dit.

Foster s'est tourné vers moi. « Alors là, je suis vraiment désolé, a-t-il dit, puis, se tournant vers Vida : Quelle fille vous êtes, quand même ! »

« Désolé ? Pourquoi donc ? »

« Allez, a dit Foster. Ne te fais pas de mouron. C'est bien mieux ainsi. De toute façon, il te faut un peu de repos, un peu de changement. Tu seras beaucoup plus heureux maintenant. »

« Quoi ? Plus heureux ? Qu'est-ce qui se passe ? »

« C'est-à-dire que... » a dit Foster. Il avait passé le bras autour des épaules de Vida et elle regardait son visage pendant qu'il essayait d'expliquer ce qui se passait.

Elle avait sur les lèvres une ombre de sourire et l'ombre grandissait, grandissait au fur et à mesure que Foster parlait : « C'est-à-dire que voilà. Voilà comment ça s'est passé. J'étais assis là-bas en train de surveiller ton antre quand cette dame est entrée avec un livre et elle... »

Quittant Foster des yeux, j'ai regardé dans la bibliothèque et il y avait la petite lumière qui brillait amicalement. J'ai regardé par la porte vitrée et, à l'intérieur, j'ai vu une femme assise au bureau.

Je ne voyais pas son visage, mais je voyais bien que c'était une femme et sa silhouette avait l'air tout à fait chez elle. Mon cœur et mon ventre se mirent à faire de drôles de choses dans mon corps.

« Vous voulez dire que... ? » ai-je dit incapable de trouver mes mots.

« Exactement, a dit Foster. Elle a déclaré que c'était une honte, la manière dont je m'occupais de cette bibliothèque et que j'étais un jean-foutre et que dorénavant elle allait prendre les choses en main, merci.

Je lui ai dit que tu étais là depuis des années et que tu étais un bibliothécaire splendide et que moi je n'étais là qu'en remplacement, au cas où il y aurait une urgence. Elle a dit que c'était pareil et que si tu avais accepté de me laisser la bibliothèque, même pour un jour seulement, tu n'étais plus digne de t'en occuper.

Je lui ai dit que je travaillais dans les cavernes et elle m'a dit que non, que c'était fini, que son frère allait s'en occuper désormais et qu'il fallait que je songe à autre chose. Par exemple, chercher un emploi.

Après, elle m'a demandé où tu habitais et je lui ai montré où c'était et elle est allée et a mis toutes tes affaires dans une valise. Elle a trouvé les affaires de Vida et elle a dit : " Oh ! la la ! je vois qu'il était temps que j'arrive ! " Elle m'a fait tout sortir et depuis je suis ici dehors à vous attendre. »

Je vis alors toutes mes maigres possessions empilées sur les marches. Je n'avais rien remarqué plus tôt.

« Mais c'est impossible, ai-je dit. Je vais aller lui dire que c'est une erreur, que... »

A cet instant précis, la femme s'est levée du bureau

et, d'une démarche agressive, s'est approchée de la porte. Elle a ouvert et, sans sortir, elle m'a crié : « Allez, emportez-moi ça tout de suite et que je ne vous revoie plus, sauf avec un livre sous le bras ! »

« Mais c'est une erreur ! » ai-je dit.

« Il n'y a qu'une erreur ici, et c'est vous. Adieu, triste sire ! »

Elle s'est retournée et la porte s'est refermée d'elle-même après elle, comme si elle obéissait à ses ordres.

Et je restai planté là, comme la femme de Lot un de ses mauvais jours.

Vida riait aux éclats et Foster aussi, en plus.

Ils ont improvisé une petite danse sur le trottoir et se sont mis à me tourner autour.

« Mais c'est sûrement une erreur », criai-je dans le désert.

« Tu as entendu ce qu'a dit la dame ! a dit Foster.

Merde et merde et merde, ce que je peux être content d'en être sorti de ces cavernes ! Pour un peu, j'allais devenir tubard ! »

« Mon amour, mon amour, a dit Vida en interrompant sa danse pour venir m'embrasser pendant que Foster chargeait nos affaires dans le camion. Tu viens de te faire flanquer à la porte ! Ce coup-ci, il va falloir que tu vives comme un être normal. »

« C'est incroyable, je n'arrive pas à y croire », ai-je dit en soupirant. Sur ce, ils m'ont chargé dans le camion.

« Bon, alors, qu'est-ce qu'on fait ? » a dit Foster.

« On n'a qu'à aller chez moi, a dit Vida. C'est tout près d'ici, dans Lyon Street. »

« Moi, je peux toujours dormir dans le camion », dit Foster.

« Pas question, dit Vida. Il y a assez de place chez moi pour tout le monde. »

Pour finir, Dieu sait pourquoi, c'est Vida qui conduisit le camion et elle l'arrêta en face d'une grande maison rouge avec une enseigne devant et une antique clôture de fer autour. La clôture avait l'air inoffensive. Le temps en avait effacé la férocité et Vida habitait le grenier.

Chez elle, c'était joli et simple. Il n'y avait pratiquement pas de meubles. Les murs étaient peints et blancs et il n'y avait rien aux murs.

Nous nous sommes assis sur un épais tapis blanc au centre duquel se trouvait une table basse en marbre.

« Vous voulez quelque chose à boire ? dit Vida. Je crois que tous nous boirions bien quelque chose. »

Foster eut un grand sourire.

Elle nous a préparé de grands martinis à la vodka, qu'elle a servis dans de hauts verres pleins de glaçons. Elle n'y a pas mis de vermouth, mais elle a ajouté des zestes de citron. Les zestes de citron étaient comme des fleurs posées sur la glace.

« Je vais vous mettre un disque, a dit Vida. Ensuite, je ferai à dîner. »

J'étais encore sous le choc de la perte de ma bibliothèque, mais surpris de me trouver à nouveau dans une vraie maison. Les deux sensations, toutefois, passèrent comme des navires dans la nuit.

« Merde, ce que c'est bon, cette vodka ! » disait Foster.

« Non, ai-je dit à Vida. Je crois qu'il vaut mieux que tu te reposes. Laisse-moi faire le dîner. »

« Non non, a dit Foster. Ce qu'il nous faut, maintenant, c'est un petit casse-croûte de bûcheron. Des frites avec des oignons et des œufs, le tout mélangé avec plein de ketchup par-dessus. Vous avez tout ça ? »

« Non, dit Vida, mais il y a une épicerie d'ouverte au coin de California et de Divisadero. »

« OK », a dit Foster.

Il a rempli sa bouche de vodka.

« Ah, et vous avez encore de l'argent, les gosses ? Parce que moi, je suis fauché. »

J'ai donné à Foster deux dollars qu'il me restait et il est allé faire les achats.

Vida a mis un disque sur le phonographe. C'était un album des Beatles, *Rubber Soul.* Je n'avais encore jamais entendu les Beatles. C'est dire le temps que j'avais passé dans la bibliothèque.

« D'abord, il faut que tu écoutes celui-ci », a dit Vida. Nous sommes restés tranquillement assis à écouter le disque.

« Qui est-ce qui chante ? » ai-je dit.

« John Lennon », a-t-elle dit.

Foster est revenu avec les provisions et il a commencé à préparer son dîner-petit déjeuner. Bientôt, le grenier fut empli d'une odeur d'oignons frits.

Cela, c'était il y a plusieurs mois.

On est maintenant fin mai et nous habitons tous les trois ensemble une petite maison à Berkeley. Derrière, il y a un petit jardin. Vida travaille dans un petit cabaret strip-tease de North Beach pour économiser un peu d'argent et reprendre à l'automne ses études. Elle voudrait se remettre à la littérature. Foster a une fiancée. C'est une étudiante pakistanaise. Elle a vingt ans et fait de la sociologie.

Elle est justement dans la pièce à côté, maintenant, en train de nous préparer un grand dîner pakistanais et Foster est en train de la regarder, un verre de bière à la main. Il a trouvé du travail dans la sidérurgie. Il travaille de nuit à San Francisco. Il répare un porte-avions en cale sèche. Aujourd'hui, c'est son jour de congé.

Vida est sortie faire des courses et elle va rentrer tout à l'heure. Elle non plus ne travaille pas ce soir. J'ai passé l'après-midi à ma table. Par la fenêtre je vois Sprout Hall, là où, en 1964, ils ont ramassé des centaines d'étudiants qui faisaient campagne pour le Free Speech et les ont mis en prison. Je collecte les dons pour The American Forever Etcoetera.

J'aime bien, vers midi, installer ma table près de la fontaine pour voir les étudiants sortir par Sather Gate comme les pétales d'une fleur aux mille couleurs. J'aime la joie de leur parfum intellectuel et les meetings politiques qu'ils tiennent à midi sur les marches.

On est bien près de la fontaine, avec les arbres verts partout et les briques et les gens qui ont besoin de moi. Il y a même toute une bande de chiens qui rôdent sur la place. Il y en a de toutes les formes et de toutes les couleurs. Je trouve que c'est important qu'il y ait ce genre de choses à l'université de Californie.

Vida avait raison lorsqu'elle disait qu'à Berkeley je serais un héros.

Table

IMPRIMERIE BUSSIÈRE À SAINT-AMAND (CHER)
DÉPÔT LÉGAL : MAI 1991. N° 13242 (807)

Collection Points

SÉRIE ROMAN

DERNIERS TITRES PARUS

R160. Les Grandes Vacances, *par Francis Ambrière*
R161. Ceux de 14, *par Maurice Genevoix*
R162. Les Villes invisibles, *par Italo Calvino*
R163. L'Agent secret, *par Graham Greene*
R164. La Lézarde, *par Edouard Glissant*
R165. Le Grand Escroc, *par Herman Melville*
R166. Lettre à un ami perdu, *par Patrick Besson*
R167. Evaristo Carriego, *par Jorge Luis Borges*
R168. La Guitare, *par Michel del Castillo*
R169. Épitaphe pour un espion, *par Eric Ambler*
R170. Fin de saison au Palazzo Pedrotti, *par Frédéric Vitoux*
R171. Jeunes Années. Autobiographie 1, *par Julien Green*
R172. Jeunes Années. Autobiographie 2, *par Julien Green*
R173. Les Égarés, *par Frédérick Tristan*
R174. Une affaire de famille, *par Christian Giudicelli*
R175. Le Testament amoureux, *par Rezvani*
R176. C'était cela notre amour, *par Marie Susini*
R177. Souvenirs du triangle d'or, *par Alain Robbe-Grillet*
R178. Les Lauriers du lac de Constance, *par Marie Chaix*
R179. Plan B, *par Chester Himes*
R180. Le Sommeil agité, *par Jean-Marc Roberts*
R181. Roman Roi, *par Renaud Camus*
R182. Vingt Ans et des poussières, *par Didier van Cauwelaert*
R183. Le Château des destins croisés, *par Italo Calvino*
R184. Le Vent de la nuit, *par Michel del Castillo*
R185. Une curieuse solitude, *par Philippe Sollers*
R186. Les Trafiquants d'armes, *par Eric Ambler*
R187. Un printemps froid, *par Danièle Sallenave*
R188. Mickey l'Ange, *par Geneviève Dormann*
R189. Histoire de la mer, *par Jean Cayrol*
R190. Senso, *par Camillo Boito*
R191. Sous le soleil de Satan, *par Georges Bernanos*
R192. Niembsch ou l'immobilité, *par Peter Härtling*
R193. Prends garde à la douceur des choses
par Raphaële Billetdoux
R194. L'Agneau carnivore, *par Agustin Gomez-Arcos*
R195. L'Imposture, *par Georges Bernanos*
R196. Ararat, *par D. M. Thomas*
R197. La Croisière de l'angoisse, *par Eric Ambler*
R198. Léviathan, *par Julien Green*
R199. Sarnia, *par Gerald Basil Edwards*

R200. Le Colleur d'affiches, *par Michel del Castillo*
R201. Un mariage poids moyen, *par John Irving*
R202. John l'Enfer, *par Didier Decoin*
R203. Les Chambres de bois, *par Anne Hébert*
R204. Mémoires d'un jeune homme rangé, *par Tristan Bernard*
R205. Le Sourire du Chat, *par François Maspero*
R206. L'Inquisiteur, *par Henri Gougaud*
R207. La Nuit américaine, *par Christopher Frank*
R208. Jeunesse dans une ville normande, *par Jacques-Pierre Amette*
R209. Fantôme d'une puce, *par Michel Braudeau*
R210. L'Avenir radieux, *par Alexandre Zinoviev*
R211. Constance D., *par Christian Combaz*
R212. Épaves, *par Julien Green*
R213. La Leçon du maître, *par Henry James*
R214. Récit des temps perdus, *par Aris Fakinos*
R215. La Fosse aux chiens, *par John Cowper Powys*
R216. Les Portes de la forêt, *par Elie Wiesel*
R217. L'Affaire Deltchev, *par Eric Ambler*
R218. Les amandiers sont morts de leurs blessures
par Tahar Ben Jelloun
R219. L'Admiroir, *par Anny Duperey*
R220. Les Grands Cimetières sous la lune
par Georges Bernanos
R221. La Créature, *par Étienne Barilier*
R222. Un Anglais sous les tropiques, *par William Boyd*
R223. La Gloire de Dina, *par Michel del Castillo*
R224. Poisson d'amour, *par Didier van Cauwelaert*
R225. Les Yeux fermés, *par Marie Susini*
R226. Cobra, *par Severo Sarduy*
R227. Cavalerie rouge, *par Isaac Babel*
R228. Tous les soleils, *par Bertrand Visage*
R229. Pétersbourg, *par Andréi Biély*
R230. Récits d'un jeune médecin, *par Mikhaïl Boulgakov*
R231. La Maison des prophètes, *par Nicolas Saudray*
R232. Trois Heures du matin à New York, *par Herbert Lieberman*
R233. La Mère du printemps, *par Driss Chraïbi*
R234. Adrienne Mesurat, *par Julien Green*
R235. Jusqu'à la mort, *par Amos Oz*
R236. Les Envoûtés, *par Witold Gombrowicz*
R237. Frontière des ténèbres, *par Eric Ambler*
R238. Les Deux Sacrements, *par Heinrich Böll*
R239. Cherchant qui dévorer, *par Luc Estang*
R240. Le Tournant, *par Klaus Mann*
R241. Aurélia, *par France Huser*
R242. Le Sixième Hiver
par Douglas Orgill et John Gribbin
R243. Naissance d'un spectre, *par Frédérick Tristan*
R244. Lorelei, *par Maurice Genevoix*

R245. Le Bois de la nuit, *par Djuna Barnes*
R246. La Caverne céleste, *par Patrick Grainville*
R247. L'Alliance, tome 1, *par James A. Michener*
R248. L'Alliance, tome 2, *par James A. Michener*
R249. Juliette, chemin des Cerisiers, *par Marie Chaix*
R250. Le Baiser de la femme-araignée, *par Manuel Puig*
R251. Le Vésuve, *par Emmanuel Roblès*
R252. Comme neige au soleil, *par William Boyd*
R253. Palomar, *par Italo Calvino*
R254. Le Visionnaire, *par Julien Green*
R255. La Revanche, *par Henry James*
R256. Les Années-lumière, *par Rezvani*
R257. La Crypte des capucins, *par Joseph Roth*
R258. La Femme publique, *par Dominique Garnier*
R259. Maggie Cassidy, *par Jack Kerouac*
R260. Mélancolie Nord, *par Michel Rio*
R261. Énergie du désespoir, *par Eric Ambler*
R262. L'Aube, *par Elie Wiesel*
R263. Le Paradis des orages, *par Patrick Grainville*
R264. L'Ouverture des bras de l'homme
par Raphaële Billetdoux
R265. Méchant, *par Jean-Marc Roberts*
R266. Un policeman, *par Didier Decoin*
R267. Les Corps étrangers, *par Jean Cayrol*
R268. Naissance d'une passion, *par Michel Braudeau*
R269. Dara, *par Patrick Besson*
R270. Parias, *par Pascal Bruckner*
R271. Le Soleil et la Roue, *par Rose Vincent*
R272. Le Malfaiteur, *par Julien Green*
R273. Scarlett si possible, *par Katherine Pancol*
R274. Journal d'une fille de Harlem, *par Julius Horwitz*
R275. Le Nez de Mazarin, *par Anny Duperey*
R276. La Chasse à la licorne, *par Emmanuel Roblès*
R277. Red Fox, *par Anthony Hyde*
R278. Minuit, *par Julien Green*
R279. L'Enfer, *par René Belletto*
R280. Et si on parlait d'amour, *par Claire Gallois*
R281. Pologne, *par James A. Michener*
R282. Notre homme, *par Louis Gardel*
R283. La Nuit du solstice, *par Herbert Lieberman*
R284. Place de Sienne, côté ombre
par Carlo Fruttero et Franco Lucentini
R285. Meurtre au comité central
par Manuel Vásquez Montalbán
R286. L'Isolé soleil, *par Daniel Maximin*
R287. Samedi soir, dimanche matin, *par Alan Sillitoe*
R288. Petit Louis, dit XIV, *par Claude Duneton*
R289. Le Perchoir du perroquet, *par Michel Rio*

R290. L'Enfant pain, *par Agustin Gomez-Arcos*
R291. Les Années Lula, *par Rezvani*
R292. Michael K, sa vie, son temps, *par J. M. Coetzee*
R293. La Connaissance de la douleur, *par Carlo Emilio Gadda*
R294. Complot à Genève, *par Eric Ambler*
R295. Serena, *par Giovanni Arpino*
R296. L'Enfant de sable, *par Tahar Ben Jelloun*
R297. Le Premier Regard, *par Marie Susini*
R298. Regardez-moi, *par Anita Brookner*
R299. La Vie fantôme, *par Danièle Sallenave*
R300. L'Enchanteur, *par Vladimir Nabokov*
R301. L'Ile atlantique, *par Tony Duvert*
R302. Le Grand Cahier, *par Agota Kristof*
R303. Le Manège espagnol, *par Michel del Castillo*
R304. Le Berceau du chat, *par Kurt Vonnegut*
R305. Une histoire américaine, *par Jacques Godbout*
R306. Les Fontaines du grand abîme, *par Luc Estang*
R307. Le Mauvais Lieu, *par Julien Green*
R308. Aventures dans le commerce des peaux en Alaska *par John Hawkes*
R309. La Vie et demie, *par Sony Labou Tansi*
R310. Jeune Fille en silence, *par Raphaële Billetdoux*
R311. La Maison près du marais, *par Herbert Lieberman*
R312. Godelureaux, *par Eric Ollivier*
R313. La Chambre ouverte, *par France Huser*
R314. L'Œuvre de Dieu, la part du Diable, *par John Irving*
R315. Les Silences ou la vie d'une femme, *par Marie Chaix*
R316. Les Vacances du fantôme, *par Didier van Cauwelaert*
R317. Le Levantin, *par Eric Ambler*
R318. Beno s'en va-t-en guerre, *par Jean-Luc Benoziglio*
R319. Miss Lonelyhearts, *par Nathanaël West*
R320. Cosmicomics, *par Italo Calvino*
R321. Un été à Jérusalem, *par Chochana Boukhobza*
R322. Liaisons étrangères, *par Alison Lurie*
R323. L'Amazone, *par Michel Braudeau*
R324. Le Mystère de la crypte ensorcelée *par Eduardo Mendoza*
R325. Le Cri, *par Chochana Boukhobza*
R326. Femmes devant un paysage fluvial, *par Heinrich Böll*
R327. La Grotte, *par Georges Buis*
R328. Bar des flots noirs, *par Olivier Rolin*
R329. Le Stade de Wimbledon, *par Daniele Del Giudice*
R330. Le Bruit du temps, *par Ossip E. Mandelstam*
R331. La Diane rousse, *par Patrick Grainville*
R332. Les Éblouissements, *par Pierre Mertens*
R333. Talgo, *par Vassilis Alexakis*
R334. La Vie trop brève d'Edwin Mullhouse *par Steven Millhauser*

R335. Les Enfants pillards, *par Jean Cayrol*
R336. Les Mystères de Buenos Aires, *par Manuel Puig*
R337. Le Démon de l'oubli, *par Michel del Castillo*
R338. Christophe Colomb, *par Stephen Marlowe*
R339. Le Chevalier et la Reine, *par Christopher Frank*
R340. Autobiographie de tout le monde, *par Gertrude Stein*
R341. Archipel, *par Michel Rio*
R342. Texas, tome 1, *par James A. Michener*
R343. Texas, tome 2, *par James A. Michener*
R344. Loyola's blues, *par Erik Orsenna*
R345. L'Arbre aux trésors, légendes, *par Henri Gougaud*
R346. Les Enfants des morts, *par Henrich Böll*
R347. Les Cent Premières Années de Niño Cochise
par A. Kinney Griffith et Niño Cochise
R348. Vente à la criée du lot 49, par *Thomas Pynchon*
R349. Confessions d'un enfant gâté
par Jacques-Pierre Amette
R350. Boulevard des trahisons, *par Thomas Sanchez*
R351. L'Incendie, *par Mohammed Dib*
R352. Le Centaure, *par John Updike*
R353. Une fille cousue de fil blanc, *par Claire Gallois*
R354. L'Adieu aux champs, *par Rose Vincent*
R355. La Ratte, *par Günter Grass*
R356. Le Monde hallucinant, *par Reinaldo Arenas*
R357. L'Anniversaire, *par Mouloud Feraoun*
R358. Le Premier Jardin, *par Anne Hébert*
R359. L'Amant sans domicile fixe
par Carlo Fruttero et Franco Lucentini
R360. L'Atelier du peintre, *par Patrick Grainville*
R361. Le Train vert, *par Herbert Lieberman*
R362. Autopsie d'une étoile, *par Didier Decoin*
R363. Un joli coup de lune, *par Chester Himes*
R364. La Nuit sacrée, *par Tahar Ben Jelloun*
R365. Le Chasseur, *par Carlo Cassola*
R366. Mon père américain, *par Jean-Marc Roberts*
R367. Remise de peine, *par Patrick Modiano*
R368. Le Rêve du singe fou, *par Christopher Frank*
R369. Angelica, *par Bertrand Visage*
R370. Le Grand Homme, *par Claude Delarue*
R371. La Vie comme à Lausanne, *par Erik Orsenna*
R372. Une amie d'Angleterre, *par Anita Brookner*
R373. Norma ou l'exil infini, *par Emmanuel Roblès*
R374. Les Jungles pensives, *par Michel Rio*
R375. Les Plumes du pigeon, *par John Updike*
R376. L'Héritage Schirmer, *par Eric Ambler*
R377. Les Flamboyants, *par Patrick Grainville*
R378. L'Objet perdu de l'amour, *par Michel Braudeau*
R379. Le Boucher, *par Alina Reyes*

R380. Le Labyrinthe aux olives, *par Eduardo Mendoza*
R381. Les Pays lointains, *par Julien Green*
R382. L'Épopée du buveur d'eau, *par John Irving*
R383. L'Écrivain public, *par Tahar Ben Jelloun*
R384. Les Nouvelles Confessions, *par William Boyd*
R385. Les Lèvres nues, *par France Huser*
R386. La Famille de Pascal Duarte, *par Camilo José Cela*
R387. Une enfance à l'eau bénite, *par Denise Bombardier*
R388. La Preuve, *par Agota Kristof*
R389. Tarabas, *par Joseph Roth*
R390. Replay, *par Ken Grimwood*
R391. Rabbit Boss, *par Thomas Sanchez*
R392. Aden Arabie, *par Paul Nizan*
R393. La Ferme, *par John Updike*
R394. L'Obscène Oiseau de la nuit, *par José Donoso*
R395. Un printemps d'Italie, *par Emmanuel Roblès*
R396. L'Année des méduses, *par Christopher Frank*
R397. Miss Missouri, *par Michel Boujut*
R398. Le Figuier, *par François Maspero*
R399. La Solitude du coureur de fond, *par Alan Sillitoe*
R400. L'Exposition coloniale, *par Erik Orsenna*
R401. La Ville des prodiges, *par Eduardo Mendoza*
R402. La Croyance des voleurs, *par Michel Chaillou*
R403. Rock Springs, *par Richard Ford*
R404. L'Orange amère, *par Didier van Cauwelaert*
R405. Tara, *par Michel del Castillo*
R406. L'Homme à la vie inexplicable, *par Henri Gougaud*
R407. Le Beau Rôle, *par Louis Gardel*
R408. Le Messie de Stockholm, *par Cynthia Ozick*
R409. Les Exagérés, *par Jean- François Vilar*
R410. L'Objet du scandale, *par Robertson Davies*
R411. Berlin mercredi, *par François Weyergans*
R412. L'Inondation, *par Evguéni Zamiatine*
R413. Rentrez chez vous Bogner !, *par Heinrich Böll*
R414. Les Herbes amères, *par Chochana Boukhobza*
R415. Le Pianiste, *par Manuel Vázquez Montalbán*
R416. Une mort secrète, *par Richard Ford*
R417. La Journée d'un scrutateur, *par Italo Calvino*
R418. Collection de sable, *par Italo Calvino*
R419. Les Soleils des indépendances, *par Ahmadou Kourouma*
R420. Lacenaire (un film de Francis Girod), *par Georges Conchon*
R421. Œuvres pré-posthumes, *par Robert Musil*
R422. Merlin, *par Michel Rio*
R423. Charité, *par Éric Jourdan*
R424. Le Visiteur, *par György Konrad*
R425. Monsieur Adrien, *par Franz-Olivier Giesbert*
R426. Palinure de Mexico, *par Fernando Del Paso*
R427. L'Amour du prochain, *par Hugo Claus*

R428. L'Oublié, *par Elie Wiesel*
R429. Temps zéro, *par Italo Calvino*
R430. Les Comptoirs du Sud, *par Philippe Doumenc*
R431. Le Jeu des décapitations, *par Jose Lezama Lima*
R432. Tableaux d'une ex, *par Jean-Luc Benoziglio*
R433. Les Effrois de la glace et des ténèbres, *par Christoph Ransmayr*
R434. Paris-Athènes, *par Vassilis Alexakis*
R435. La Porte de Brandebourg, *par Anita Brookner*
R436. Le Jardin à la dérive, *par Ida Fink*
R437. Malina, *par Ingeborg Bachmann*
R438. Moi, laminaire, *par Aimé Césaire*
R439. Histoire d'un idiot racontée par lui-même, *par Félix de Azúa*
R440. La Résurrection des morts, *par Scott Spencer*
R441. La Caverne, *par Eugène Zamiatine*
R442. Le Manticore, *par Robertson Davies*
R443. Perdre, *par Pierre Mertens*
R444. La Rébellion, *par Joseph Roth*
R445. D'amour P. Q., *par Jacques Godbout*
R446. Un oiseau brûlé vif, *par Agustin Gomez-Arcos*
R447. Le Blues de Buddy Bolden, *par Michael Ondaatje*
R448. Étrange séduction (Un bonheur de rencontre) *par Ian McEwan*
R449. La Diable, *par Fay Weldon*
R450. L'Envie, *par Iouri Olecha*
R451. La Maison du Mesnil, *par Maurice Genevoix*
R452. La Joyeuse Bande d'Atzavara *par Manuel Vázquez Montalbán*
R453. Le Photographe et ses modèles, *par John Hawkes*
R454. Rendez-vous sur la terre, *par Bertrand Visage*
R455. Les Aventures singulières du soldat Ivan Tchonkine *par Vladimir Voïnovitch*
R456. Départements et Territoires d'outre-mort *par Henri Gougaud*
R457. Vendredi des douleurs, *par Miguel Angel Asturias*
R458. L'Avortement, *par Richard Brautigan*
R459. Histoire du ciel, *par Jean Cayrol*
R460. Une prière pour Owen, *par John Irving*
R461. L'Orgie, la Neige, *par Patrick Grainville*
R462. Le Tueur et son ombre, *par Herbert Lieberman*
R463. Les Grosses Rêveuses, *par Paul Fournel*
R464. Un week-end dans le Michigan, *par Richard Ford*
R465. Les Marches du palais, *par David Shahar*
R466. Les hommes cruels ne courent pas les rues *par Katherine Pancol*
R467. La Vie exagérée de Martin Romana *par Alfredo Bryce-Echenique*
R468. Les Étoiles du Sud, *par Julien Green*
R469. Aventures, *par Italo Calvino*